Le Roi du jour et de la nuit

Anne Bourrel

Le Roi du jour et de la nuit

roman

la manufacture de livres

Si vous souhaitez recevoir notre catalogue
et être tenu informé de nos publications,
envoyez vos nom et adresse
en citant ce livre à l'adresse suivante :

La Manufacture de livres, 101 rue de Sèvres, 75006 Paris
ou
contact@lamanufacturedelivres.com

www.lamanufacturedelivres.com

ISBN 978-2-35887-971-2

PAPIER, VESTE, TROU

Salvador venait de froisser le papier d'emballage de son jambon-beurre et de le jeter au fond de la poubelle qu'il gardait près de son siège. Sa grosse veste, comme une ombre, était accrochée derrière lui à la patère. Assis à son poste, commandes de pilotage en mains, il restait concentré sur la précision des gestes à accomplir.

Le soleil d'avril ruisselait. La pause déjeuner venait de s'achever. Tout était en place. *Tout était à la bonne place,* et Salvador à la sienne.

En bas, les équipes s'agitaient. Casqués et vêtus de grosses vestes floquées au nom de l'entreprise MTA levage, les ouvriers allaient et venaient, s'affairant sur les travaux du gros œuvre. Au bout de la flèche, la bétonnière se balançait.

Salvador la fit glisser vers le Berlingo rouge et blanc garé à la lisière du chantier et orienta le chariot. Les filins s'allongèrent avec un frisson sonore. Cette chanson d'acier accompagnait ses journées depuis si longtemps qu'il l'entendait jusqu'au plus profond de ses rêves.

Pendant qu'on remplissait la bétonnière, de l'ongle du pouce en crochet, il fit sauter une miette de son sandwich restée coincée entre deux dents.

Puis, il ramena la benne tout en douceur vers les hommes qui, de l'autre côté du chantier, la réclamaient. Leurs voix explosaient en bribes diamantines.

Salvador admira la mer qui miroitait au loin, une frise d'un bleu lumineux, alors que de la *chaussette* s'écoulait en cascade le mélange onctueux dont les ouvriers avaient besoin pour combler les grilles.

La ville s'étendait tout autour avec ses toits de tuiles ocre, et la pointe de l'église Sainte-Eulalie étincelait.

Salvador, qui avait relevé la partie haute de la baie vitrée, gardait l'œil sur la benne. Tous les bruits du chantier lui parvenaient. Aux grondements réguliers répondaient les coups graves et sourds des marteaux. Il aimait cette agitation et se réjouit de sentir sur sa peau une douce brise, un vent léger qui apportait l'odeur de la mer, salée, iodée et un peu âcre. La météo n'annonçait aucune forte rafale pour la journée.

Au bout d'un moment, il entendit la voix de l'ouvrier en bas. Le gars venait d'être embauché et, ne connaissant pas les gestes réglementaires, il agitait les bras n'importe comment au-dessus de sa tête. La bouche ronde, il hurlait. On aurait dit l'un des bonshommes du jeu ancien que la femme de Salvador avait chiné à la brocante le week-end précédent.

Salva tendit le cou et regarda l'ouvrier un moment. Sous le casque de protection, même tête ovale que les figurines de bois, et la distance stylisait ses traits au point qu'il ne restait plus de son visage que trois petits trous noirs : une bouche et deux yeux ronds.

J'te jure, il marmonna entre ses dents, avant de comprendre ce que le gars disait.

Il ne lui en voulait pas, ce n'était pas sa faute, et il se mettait à sa place, tout le monde a besoin de bosser, mais le chef de chantier aurait pu prendre le temps de le former. Qu'est-ce qu'il fout à embaucher ces types sans leur enseigner un minimum ? Quel tire-au-flanc, ce José, il ajouta.

Il remonta lentement la benne en bougonnant contre son supérieur qui ne faisait pas son boulot : deux fois en un rien de temps, il avait employé des ouvriers non qualifiés sans les briefer.

Déjà, la semaine dernière, Salvador avait failli en coincer un entre la charge et le mur. Il avait eu une de ces trouilles. Mais, personne n'avait été blessé, heureusement, ça s'était bien terminé.

Il soupira.

Sans y penser, il ramena son pied gauche à plat sur le siège, près de l'aine, la jambe pliée contre le flanc, le genou calé dans le creux de son bras.

Il admira les limites de la ville qui dessinaient devant lui les contours du globe. Jamais il ne se lasserait de ce paysage, ni de la vision tout en hauteur dont il jouissait.

Salvador déposait ses chaussures de sécurité sur le dernier palier et ne les remettait que pour descendre vers seize ou dix-sept heures, une fois sa journée de travail terminée. Dans sa cabine en haut de la grue, sauf l'été où il restait en tennis de toile blanche, il passait son temps en chaussettes, de grosses chaussettes de laine, bien épaisses, longues jusqu'aux genoux, et dont l'intérieur en bouclette permettait d'amortir les chocs éventuels. Rien qu'à voir ses deux pieds posés sur la vitre panoramique de la cabine, il pouvait s'imaginer en vacances à la neige ou en trekking dans les Pyrénées. Il aimait leur couleur grise rassurante et les deux torsades sur le côté qui leur donnaient un air montagnard. Elles se terminaient avec un revers de quelques centimètres, un léger renflement élastique. Passer un index à l'intérieur et sentir des points de braille contre la pulpe de son doigt l'aidait à se concentrer, tout seul là-haut à ne respirer que ses propres odeurs. Le soir en rentrant du travail, une fois qu'il avait enlevé ses chaussettes, et après avoir pris soin de cacher sous le tapis du salon ses deux pieds nus qu'il détestait, il restait longtemps à dérouler le film de sa journée, le regard perdu sur les lettres de l'alphabet éphémère qui se dessinait sur son mollet. C'était souvent Estelle, sa femme, qui le ramenait à la réalité. Elle se penchait vers lui, l'embrassait, ébouriffait ses cheveux. Alors, elle lui disait, toujours dans les nuages ? Ils riaient, et le rouleau compresseur du temps se remettait en branle. Comme toujours on voudrait croire qu'il va s'arrêter un instant, mais non, il continue, il avance, avale sur son passage les images, les sons, les odeurs, les sensations, s'engloutissant lui-même, rouge, autophage, monstre invisible de toute vie humaine, un dieu comme un autre, et cruel comme tous les autres dieux.

Mais, ce jour-là d'avril, alors qu'une hirondelle traversait le ciel de gauche à droite, bec ouvert, œil rond, c'était un vendredi et l'horloge digitale incrustée sur le tableau de bord de la grue marquait quatorze heures deux minutes et seize secondes, Salvador, une manette dans chaque main et assis dans cette position de yogi qui lui était confortable, perçut un léger resserrement, à peine un pincement, au bout de sa chaussette gauche. Il baissa la tête et s'offusqua :

Oh ! Un trou dans ma chaussette.

Un trou rond comme un nombril.

Salvador tira le cou en avant pour observer la chose, tout à fait mécontent de découvrir tant de négligence dans sa tenue qu'il souhaitait toujours impeccable. Ce n'est pas parce qu'on travaille sur un chantier qu'on ne doit pas être présentable, voire, dans son cas, tiré à quatre épingles : chemise à carreaux propre et repassée, pull-over marin régulièrement brossé, jean brut sans tache ni déchirure. Il se pencha encore plus près, la bouche en *O* et les yeux écarquillés, mais déjà le trou s'était animé. Et, comme une bonde aimantée, dans un tourbillon sifflant si bruyant que le vacarme du chantier sembla s'éteindre, il prit de la vitesse. Salvador eut un mouvement de recul, le trou avait enflé, gonflé, et sa taille, doublé, triplé, quadruplé. En tournant sur lui-même, le trou continuait à se déployer, s'étirait, grandissait sans cesse, palpitait, se répandait et menaçait d'obscurcir l'espace étroit de la cabine.

Salvador sentit la grue entière basculer en avant dans un mouvement lent et inéluctable.

Il hurla. Un long cri rauque venu des profondeurs de son ventre.

Le trou était devenu un puits, un lac, un océan, et, les bras levés, Salva tentait de s'en protéger sans comprendre ce qui lui arrivait. Aucun des ouvriers, pas même le chef de chantier n'aurait pu agir contre ce qui était en train d'advenir dans la cabine de la grue. Salva battait des mains et des jambes et essayait en vain de résister contre la force surpuissante qui l'extrayait de son siège. Il eut beau résister, crier encore à pleins poumons, vibrant de tout son être, il se sentit arraché au monde. À cette hauteur vertigineuse, plus de cinquante-cinq mètres au-dessus du sol, et malgré la vitre panoramique, personne ne vit Salvador se débattre, ni le trou l'aspirer comme une bouche gourmande un spaghetti.

CLÉS, VOITURE, PORTE

Je l'ai vu débouler en pleine nuit, les vêtements de travers, le regard fou. Les clés ! il gueulait, tu les as mises où, les clés de la Bagheera ?

La veille au soir, à vingt-trois heures passées, José m'avait prévenue par téléphone que mon mari avait fait un malaise dans la grue. Il m'avait tout raconté : les pompiers, l'hôpital. Mais t'inquiète, ça va aller, il avait répété cinq ou peut-être dix fois. Ça va aller, t'inquiète, ça va aller. Vu mon état, José a essayé de minimiser sa trouille, mais j'ai bien senti à sa voix qu'ils avaient craint le pire.

Estelle ! hurlait Salva, putain, elles sont où les clés ?

Le regard figé, les pupilles dilatées à l'extrême, j'avais du mal à le reconnaître. J'avais la langue liée, les idées confuses. Je m'étais endormie sur le canapé, j'étais à peine réveillée. J'ai essayé de l'aider à retrouver ses clés, mais mon ventre me pesait, le bébé bougeait beaucoup. J'ai regardé autour de moi, la cuisine encastrée rouge, le bazar posé sur la table, les revues, le journal local avec son gros titre *Le squelette d'un homme retrouvé dans les aubépines*, des bouteilles d'eau et de bière, du courrier pas ouvert et, dans un coin l'appareil de musculation, les haltères, le rideau à franges avec ses gros œillets, la photographie de nos vacances en Martinique bien encadrée sur le mur face au canapé gris.

Salvador a retrouvé les clés, elles étaient comme d'habitude posées sur la console dans l'entrée. Il a marmonné quelque chose que je n'ai pas compris et il est parti en claquant la porte.

TRAVAIL, GRUE, HÔPITAL

Je m'en souviens, ça s'est passé un vendredi. On venait de reprendre le travail. J'ai senti que quelque chose tournait pas rond. Avec l'habitude, on sait ces choses. Le chantier, c'est comme un animal. On l'entend respirer. On le sent vibrer. On sait quand il va bien et quand il va pas bien. Ce jour-là, j'arrêtais pas de regarder là-haut, vers la grue. Comme s'il m'avait fallu surveiller deux fois plus. Pourtant, Salvador, c'est un grutier expérimenté. Il connaît le métier. Ça fait plus de sept ans qu'il est chez nous. Si je regardais tout le temps la grue ce vendredi-là, c'était pas une question de confiance, c'était une appréhension. Il y a bientôt vingt-cinq ans que je suis dans le bâtiment, et j'ai jamais connu d'accident grave, mais ce jour-là j'avais le ventre noué. Quand il m'a appelé sur le talkie – en plus comme on est une toute petite boîte, on a pas de fréquence réservée, et c'est pas pratique, on entend souvent des gamins dire des conneries sur la ligne –, quand il m'a appelé, vers quatorze heures, on venait de finir la pause déjeuner. Il m'a dit, José, je me sens pas bien. Il avait fait une sorte de malaise.

J'en menais pas large. Et voilà, j'ai pensé, ça y est, je sentais bien depuis le matin que quelque chose tournait pas rond. Je lui ai tout de suite demandé d'attendre. C'est la procédure. Ça m'était jamais arrivé de toute ma carrière qu'un grutier tourne de l'œil en plein chantier, mais je savais quoi faire, c'était prévu par le règlement.

La benne, Salva l'avait stoppée à temps. Un miracle. N'importe qui aurait causé un accident, tu parles, faire un malaise, comme ça, en pleine manœuvre, mais Salvador, c'est un as. Va savoir ce qui se serait passé si un autre que lui, ce jour-là, avait été aux commandes. Je préfère même pas y penser.

J'ai appelé Arnaud et Yazid sur l'autre ligne, j'avais la liste des gars qui avaient leur brevet de secouriste affichée devant le nez dans la cabane. Je suis sorti, j'ai regardé en haut. Ce con, je l'ai pas vu qui descendait tout seul ! C'était de la folie ! Même à une si grande distance, il avait pas l'air bien, vraiment pas, et j'ai eu beau gueuler et gueuler dans le talkie qu'il devait attendre le secouriste, il en a eu rien à foutre.

Ce qui m'a soulagé un peu, c'est quand je l'ai vu monter dans l'ascenseur. Ça fait à peine deux ou trois ans que la loi nous oblige à en avoir un à partir de trente mètres. Vu ce qu'on a vécu ce jour-là, moi, je me dis qu'on devrait en avoir sur toutes les grues. Les vingt-cinq, les trente, comme les cinquante et les autres.

Salvador, il est venu tout seul, malgré le malaise. A rien voulu écouter. Et encore, quand il est arrivé au pied de la grue, les deux paliers restants descendus je sais pas comment, il voulait rentrer chez lui direct. Nous, avec Yazid, on tenait à faire comme il faut. Il avait perdu la vue, quand même, c'était pas rien. Je savais même pas que c'était possible que ça s'éteigne comme ça, les yeux, et que ça se rallume la seconde d'après. Et aussi, il avait plus rien entendu, d'un coup. Et d'un coup, pareil, c'était revenu. Quand on l'a récupéré en bas, il était pâle, tout blanc comme on l'avait jamais vu. Donc voilà, on l'a accompagné aux urgences dans ma bagnole, sinon il serait rentré chez lui direct. Il m'a demandé si je voulais pas la lui vendre, ma Toyo. Paraît que sa femme en avait marre de son tacot et qu'elle voulait quelque chose de plus approprié pour une famille. J'ai rien répondu. Mon 4 × 4 aussi, il commençait à dater.

À l'hosto, j'ai dit à Yazid, rentre chez toi, je m'occupe de lui. Yazid, il a des mômes, fallait qu'il rentre ; un garçon de huit ans et un autre de cinq. C'est du boulot. Fallait qu'il rentre. Moi, je suis seul, alors je pouvais attendre.

On est restés assis longtemps, mais vraiment longtemps. Deux heures. Presque trois. C'était long. Surtout qu'il y avait l'odeur d'hôpital à supporter, celle des détergents et des maladies.

Quand l'infirmière est enfin venue le prendre, je lui ai tapé dans le dos, à Salva. Comme on fait, quoi. Et il m'a regardé bizarrement. Un regard noir. Pas en rogne, mais figé. Ses yeux semblaient vides. J'ai eu peur qu'il ait perdu la vue de nouveau. J'ai failli claquer des doigts devant son regard éteint, mais il s'est levé et a suivi l'infirmière tout à fait normalement.

Ce regard, je l'ai mis sur le compte de l'attente, de la mauvaise humeur due à l'attente. Je sais que Salva, parfois, il s'énerve.

Oui, ça lui est arrivé de s'embrouiller sur le chantier. Plusieurs fois. Pas plus tard que la semaine dernière, ya un maçon qui est resté planté entre le mur et la charge pendant que Salva la soulevait. Putain, ça a gueulé ; le maçon savait pas, il avait pas d'expérience.

C'est le chef de chantier, celui qui est au-dessus de moi, qui l'avait embauché, le type. Il avait pratiquement pas d'expérience alors tu parles, avec la grue, faut faire gaffe. Salva, ce jour-là, il a poussé une de ces gueulantes. Enfin bref, à l'hosto, son regard, ses yeux fixes et noirs comme des billes, ça m'a fait drôle.

J'ai attendu longtemps. J'ai piqué du nez. J'étais assis sur des chaises en métal pas confortables du tout, j'ai chopé un de ces mal au dos le lendemain.

J'ai attendu encore, puis j'ai demandé des nouvelles à l'infirmière. Elle m'a dit, si vous êtes pas de la famille, on peut rien vous dire. Rentrez chez vous. On préviendra si nécessaire. Moi, je suis prudent, c'est le métier qui veut ça. On le sait pas, mais, travailler sur des chantiers, c'est l'école de la vie. Alors j'ai laissé mon numéro, au cas où. J'ai dit que j'étais son supérieur hiérarchique. J'ai ajouté que Salvador, il avait plus de famille, ni père, ni mère, ni rien, j'ai dit. Mais qu'il était marié. Que sa femme attendait un enfant pour le mois prochain. C'est comme ça qu'ils m'ont appelé, finalement. Comme quoi, j'ai bien fait de laisser mon numéro.

PORTE, SALON, EAUX

La porte de l'appartement a claqué, et quelque chose a craqué, éclaté. Estelle a reconnu la sensation de bulle de savon qui se rompt. Pour Ulysse, son premier enfant, ça avait fait pareil. Bras ballants, yeux écarquillés, une main posée sur sa bouche ouverte, elle se tenait debout dans le couloir vide, silencieux, et un filet de liquide transparent coulait entre ses jambes.

Elle essaya de se raccrocher à l'idée qu'elle avait le temps de se rendre à la maternité. Elle inspira, expira. Du calme, elle se répétait, du calme. Mais une fois perdues les eaux, on risque l'infection. Les contractions pouvaient venir d'un moment à l'autre, elle redoutait qu'elles arrivent là, maintenant, tout de suite.

Et Salva ?

Il fallait qu'elle l'appelle.

Elle se dirigea vers le salon. Elle marchait comme un canard, une main en avant, une autre sous son ventre. Elle voulait récupérer son téléphone sur la table basse près du canapé. Il fallait que Salvador revienne, vite, mais la première contraction la prit d'un coup, suivie aussitôt par une autre plus forte encore, et, à quatre pattes entre le couloir et le salon, elle se mit à crier de peur autant que de douleur.

NEIGE, MER, ROUTE

Salvador dégringole sans bruit, il chute comme un unique flocon de neige. Tout au fond, il ouvre les yeux, mais il ne voit rien que du blanc et un piqué infini de particules noires. Il lui semble flotter, cellule détachée de la foule des cellules. Il ouvre la bouche, du blanc entre dedans. C'est de l'eau ? De la neige ? De l'eau de mer ? Il voudrait appeler, quelqu'un, mais qui ? Et dire qu'il ne voit rien et que ses oreilles n'entendent plus que des craquements aquatiques.

Il panique tout au fond sans savoir où il se trouve.

Ça dure longtemps.

Il lutte en lui-même pour ouvrir les yeux.

Il n'y croit plus.

Et ça arrive.

Il se voit, les yeux écarquillés, pupilles dilatées, cils mouillés.

Il respire, ses poumons qui se déploient sont deux ailes de mouette.

Et devant lui, une main s'agite, c'est flou. La lumière stroboscopique montre un chemin, un tunnel. Il s'engouffre.

CATHÉTER, MÈRE, COULOIR

Salvador déplia ses jambes et se tourna sur le côté sans même remarquer le cathéter ; à peine avait-il ressenti dans le creux de son bras une gêne, quelque chose de désagréable et de piquant, une ronce. Il souleva ses paupières lourdes, ouvrit la bouche qu'il avait sèche et pâteuse. Un mot alors éclata sur ses lèvres, bulle et bave, écume des eaux :

Maman.

Il frotta ses pieds l'un contre l'autre. Sa peau nue avait la consistance du plastique, il regretta aussitôt la douceur de la laine. Quand il parvint enfin à garder les yeux ouverts, il chercha du regard la chaussette, ses chaussettes. Autour de lui, la chambre était blanche, vide, mathématiquement ordonnée. Le lit parallèle à la fenêtre, une armoire en angle droit avec le mur du fond, le rectangle identique de deux portes.

Après plusieurs ruades dans les draps trop bien bordés – un linceul, il pensa, horrifié, mais il empêcha aussitôt l'image de se figer –, il parvint à faire dépasser ses pieds nus, jaunes, cireux. La peau au talon était entaillée et sèche, les ongles beaucoup trop longs auraient eu besoin d'être coupés. Il en eut un haut-le-cœur.

Il rejeta les couvertures d'un geste brusque qui tira le cathéter. Cette fois, il sentit la douleur irradier de son bras gauche jusqu'à la pointe de ses rares cheveux.

Mâchoires serrées, il essaya de se lever, mais la tête lui tournait.

Le trou, il est passé où ?

Salvador dut s'y reprendre à deux fois avant de poser les pieds par terre. Il se sentait lourd, surtout son abdomen lui pesait. Il se palpa le ventre et s'étonna de le trouver enflé, rond comme celui d'un buveur de bière gallois au fond d'un pub de campagne. Ils y étaient allés en vacances, avec sa femme – Swansea, Cardiff, Merthyr Tydfil – au cours d'un été caniculaire où ils n'en pouvaient plus de la chaleur de leur appartement et cherchaient à tout prix la fraîcheur.

Il se releva à grand-peine, retira le cathéter de son bras en grimaçant et, pour ne pas saigner, appuya sur le minuscule point rouge qu'avait laissé l'aiguille. Ces quelques secondes lui semblèrent ne jamais finir. Il pria que personne ne vienne.

Il jeta un œil à son gros bidon et se demanda si c'était Estelle qui lui avait refilé *la patate chaude*. Il s'étonna que cette expression lui soit venue à l'esprit. Pourtant, il se souvenait qu'il n'y avait pas si longtemps sa femme le trouvait amaigri. T'as mauvaise mine, tes joues sont creuses…

Une fois debout, il ouvrit le placard. Ses affaires étaient là, pliées ou rangées sur des cintres. Au sol, au-dessous de la barre de la penderie, il découvrit ses chaussettes grises prêtes au départ, posées sur les starting-blocks des chaussures.

Salvador passa la chaussette droite. Son gros ventre le gênait, et il dut se contorsionner pour y parvenir. La gauche, il la regarda avec méfiance, sans pouvoir se décider : est-ce que le trou allait de nouveau l'avaler ?

Dans le couloir, des voix qui se rapprochaient lui rappelèrent qu'il n'avait pas le temps de tergiverser. Il apparut dans le miroir de la salle de bains, pâle et hirsute, et se trouva ridicule, à moitié nu dans la chemise bleue d'hôpital, enflé de partout. Car non seulement son ventre avait grossi, mais ses joues aussi. Il avait une tête à faire peur.

Il se réfugia un moment dans les toilettes, le seul endroit pouvant lui offrir une cachette facile. Les voix passèrent et disparurent. Il entendit le bruit d'un ascenseur. Une sonnerie quelque part. Puis plus rien. C'était la nuit ou peut-être seulement le soir. Il avait perdu la notion du temps.

Il ressortit de la salle de bains, dans cette blouse de papier sombre mal attachée par des rubans blancs, dos et fesses visibles dans les interstices.

Vite, il s'habilla, surpris de pouvoir entrer dans ses vêtements malgré son nouveau tour de taille. Tous ses gestes étaient précipités, il agissait dans une sorte de brouillard, la respiration coupée. Sa chemise à carreaux, il la boutonna sans problème, son jean de toile brute et sa grosse veste de chantier aussi. Son pull marin ne le serrait pas plus qu'avant. Salvador s'en réjouit, fermant les yeux pour passer la chaussette restante. Il enfila ses chaussures, haletant comme un coureur de cent mètres. Il se jeta à mi-corps dans le couloir : vide. C'était le bon moment pour se carapater : j'ai rien à faire dans cet hôpital, pensa Salvador, je suis en pleine forme. Une main sous le ventre, l'autre en avant, filer tout droit, maison, voiture, et puis, sans s'arrêter, rouler direct jusqu'à Colera.

TIGRE, VOLANT, ROUTE

Si seulement, lancé à pleine vitesse, Salvador pouvait se transformer en un animal puissant : un tigre ou un puma, un lion, une lionne, un lynx ou la panthère noire aux yeux bleus, cette Bagheera stylisée par Matra en 1973 au moment où la toute première voiture sortait de l'usine, avec trois places à l'avant, on n'avait jamais vu ça.

Si seulement.

Il parviendrait alors à saisir la main, *tout de suite, maintenant*, et il ne la lâcherait pas, oh non, il tiendrait bon, il s'accrocherait à la main, il s'y agripperait, là, sur la route grise qui se déroule, assis dans la Bagheera, devenu tigre, puma ou lionne ou lynx, ou panthère noire aux yeux bleus.

Et lui poussent des griffes et une mâchoire broyeuse : il serre le volant.

La voix tambourine, la main l'appelle, lui fait signe. Le mot *tunnel* jaillit et explose dans son cerveau. Un instant, Salvador craint de ne plus être en capacité de voir la route, il doit faire un effort de concentration héroïque. Il cligne des yeux, ouvre la bouche, dénoue sa mâchoire coincée dans le mot *tunnel*, secoue la tête comme l'animal qu'il souhaiterait être, pour chasser le mot de sa tête, de son appareil articulatoire qu'il fourre d'autres mots bien puissants, ceux du poème de mécanique descriptive qu'il connaît par cœur :

Bagheera, trois places à l'avant

Fauteuils galbés confortables avec appui-tête

Moteur central transversal

Lunette arrière dégivrante à ouverture pneumatique

Phares escamotables

Sans compter le fameux réservoir à essence en polypropylène rotomoulé.

Accroché à la route, il prononce la phrase d'un seul tenant. *Polypropylène* roule sur *rotomoulé* et tombe dans sa gorge, pèse sur sa langue, ses joues se creusent un peu, sa bouche s'arrondit :

Rotomoulé.

Il susurre, il chuchote *polypropylène rotomoulé*, *polypropylène rotomoulé,* remuant les lèvres dans le vacarme de la route, de plus en plus en vite jusqu'à ne plus pouvoir dire qu'une boue de lettres tout emmêlées.

Il finit par grogner avec le moteur.

La voiture, jaune, lancée à pleine vitesse, paraît plus jaune encore dans le soleil en explosion, alors que dans l'univers mental unidirectionnel de Salvador Hollier s'élève un chant, une prière. C'est sa mère, *de sa voix la plus douce*, un miel qui coule de sa bouche, c'est sa mère qui chante et pleure et le mène et le mènera jusqu'au bout de la route. C'est elle qu'il doit aller retrouver, là-bas, à

Colera. Ce n'est pas si loin, deux cent vingt-quatre kilomètres et vingt ans en arrière. Et puis, maintenant, se dit Salvador avec son nouveau sourire de hyène, ma mère, elle ne me fera plus peur.

PANNE, ARBRE, BOUCHE

Le voyant d'essence. Tout le problème de cette foutue bagnole, c'est le voyant. Il s'allume comme il veut, quand il veut. On ne sait jamais à quoi s'en tenir. Si le réservoir est plein ou s'il est vide.

Aujourd'hui, il est vide.

Ça tombe mal.

Ça tombe mal, redit Salvador plus fort entre ses dents lorsque la voiture toussote et s'arrête au pied d'un chêne kermès aux branches maigres et sinueuses.

Il a tout juste le temps de braquer à droite, la voiture se coule sur le bas-côté, et crissent les gravillons que les pneus écrasent alors qu'assis sur leurs mobylettes trois hommes discutent avec un quatrième installé au volant dans sa vieille Mercedes vert salade. Ils regardent la Bagheera venir s'assoupir au pied de l'arbre.

MOBYLETTE, RIRE, ROUTE

Les trois jeunes se marrent sur leurs mobylettes. C'est toujours drôle quelqu'un qui tombe en panne d'essence. La route est maigre, éloignée de tout, aucune chance de ravitaillement. Le type à la Mercedes, vitre baissée, coude sur la portière, regarde Salvador s'approcher et lui fait signe du menton :

— Tu veux quelque chose ?

Salvador s'entend répondre du tac au tac :

— Je peux monter ?

— Je suis pas taxi, répond le gars. Tu vas où ?

— Je voudrais que tu me conduises à la frontière.

Salvador doit plisser les yeux pour le voir. Tout est flou autour de lui. Il craint un instant de perdre la vue, mais oublie ses pensées effrayantes dans le rire du type dont les dents blanches luisent au soleil en perles de lune bien alignées.

— Il est fou le gadjo ! se marre l'un des trois jeunes à mobylette, cheveux collés en arrière par trois pots de gel. Il toise Salvador de son regard brun que l'envie de rire fait briller :

— Tu lui veux quoi à notre pote ?

— Juste qu'il me conduise à la frontière.

— Et sa famille, t'y penses ?

Salvador regarde le jeune homme sans comprendre.

La frontière, elle est à trois heures de route, il reprend. Aller-retour, ça fait six. Tu le vois arriver chez lui au milieu de la nuit, la gueule enfarinée, dire à sa meuf, j'ai accompagné un gars à la frontière ?

— Et toi ? T'es libre. T'as pas de femme qui t'attend, non ? demande Salva.

— Sur ma mob ? Tu veux que je t'amène à la frontière sur ma mob ?

Encore, les trois jeunes se marrent, secouant leurs épaules d'un même mouvement saccadé.

Tous les trois semblables, petits, maigres et secs avec des cheveux noirs épais, et l'envie de rigoler en voyant Salvador, presque chauve, bedonnant, l'air désespéré, demander qu'on le conduise à la frontière.

L'homme à la Mercedes lève la main, et les autres cessent de se gondoler. Il va faire une annonce. Dans l'air flotte une solennité nouvelle.

— C'est pas mon job, mais je veux bien te mener. Les jeunes, là, ils s'occuperont de ta bagnole. Tu reviendras la chercher quand tu seras moins pressé. On t'expliquera où la trouver. Faudra juste que tu paies l'essence et le dérangement.

Le dérangement ? Salvador n'aime pas ce mot. Les mâchoires serrées, il ne parvient plus à fixer son regard. Tout devient flou autour de lui. L'impression de brouillard devient si forte qu'il bat des paupières, roule des yeux et, avec angoisse, pense au trou dans sa chaussette qui pourrait de nouveau l'aspirer. Il entend *sa mère qui chantonne et s'approche. Il sent sa présence, sa main qui caresse son front* comme elle le faisait avant. Elle l'a longtemps eu, ce geste, même lorsque Salvador était jeune homme. Elle dit des choses à toute vitesse, elle chuchote.

La mer, agitée par le vent puissant, vole en crachats blancs tout autour d'elle. Elle se déchausse et pose ses escarpins rouges sur la table de la cuisine. La mer continue de postillonner tout autour d'elle dans l'appartement. Elle frotte les chaussures au chiffon, Salvador l'a vue faire mille fois. Elle chantonne et, tout en chantonnant, elle s'approche, de plus en plus près. Elle est si proche maintenant qu'il peut sentir son souffle chaud et le bombé de ses lèvres contre son oreille. Une odeur iodée le prend tout entier. Elle virevolte autour de lui, puis s'éloigne, *clac*, *clac*, claquent ses escarpins sur le sol de ciment, et dans les contretemps sa cheville, *cloc, cloc, cloc.* Tout s'agite, tout se mêle dans la tête de Salvador qui parvient pourtant à répondre à la question de l'homme à la Mercedes : *D'accord, d'accord,* il acquiesce. *On n'oubliera pas le dérangement.*

Les trois descendent de leur mobylette, ils font le tour de la Bagheera, ils n'ont jamais vu une bagnole pareille, jaune poussin, jaune soleil, ils ne sauraient dire exactement, et ils n'en croient pas leurs yeux, trois places à l'avant, ils sont à l'âge où tout les amuse. Ils pouffent de rire.

L'homme se coule hors de sa voiture vert salade. Il doit avoir deux têtes de moins que Salvador. Il sort son téléphone de sa poche, fait le calcul :

— Essence plus autoroute, ça va chercher dans les soixante, soixante-dix et j'ajoute cinquante pour les frais, tarif de nuit, il annonce avec son sourire impeccable. En cash. Et si t'as rien sur toi, on pourra retirer sur le chemin.

Alors Salva passe les doigts dans la poignée de la portière. Ses pensées glissent dans l'interstice et se réinitialisent. En une microseconde, tout lui paraît neuf, et l'avenir, jouable.

ROUTE, RADIO, VILLAGE

— Vous avez qu'à virer tout ça à l'arrière, propose aimablement le type, et surtout mettez-vous à l'aise.

Il est jovial et probablement du genre avec qui tout le monde aimerait entamer une conversation, mais Salvador n'a pas envie de parler, pas la tête à ça, trop secoué par les derniers événements. Il s'installe côté passager après avoir rejeté sur la banquette arrière les bouteilles vides, de vieux journaux, tout un fatras de bidons et des tas d'enveloppes de papier kraft. La Mercedes sent le tabac froid et la poussière.

Salva n'a même pas l'idée de demander le pourquoi de toutes ces enveloppes. Il tire la ceinture de sécurité, longtemps, autour de son estomac dilaté au fond duquel bouillonne un espace vacant qu'il voudrait bien combler de nourriture, mais il n'ose pas demander à son chauffeur, cet inconnu, s'il a des biscuits dans sa caisse pourrave, des biscuits ou du chocolat ou du saucisson ou n'importe quoi qui le remplisse. Des heures qu'il n'a rien mangé. Son ventre est rond, proéminent, mais vide. Peut-être que c'est l'andropause, mais tout de même, pense Salva en bouclant enfin sa ceinture, pas à mon âge, pas à quarante-deux ans. Il se renfrogne, se recroqueville sur lui-même contre la vitre, une ride d'inquiétude plie son visage en deux. À la perpendiculaire des marques profondes qu'il a déjà et depuis longtemps sur le front, cette ligne de faille pourrait s'étirer comme une lézarde court en ligne droite sur le vieux mur de pierres d'une bâtisse abandonnée en pleine forêt, une forêt de pins odorants qui descend vers la mer, la mer que l'on entend au loin venir se cogner sur des rochers. Salva se souvient d'où lui apparaît cette image, de quel fin fond, et il se racle la gorge et tousse dans son poing fermé. Je suis un enfant de la mer, il pense.

Les images affluent, il revoit le petit port blotti en contrebas de la promenade maritime et les immeubles de quatre ou cinq étages alignés comme dans n'importe quelle banlieue, sauf qu'ici c'est un village au bord de la Méditerranée, où aucun touriste ne viendra se perdre, parce que la route pour y accéder est mauvaise, étroite, pleine de virages au-dessus de falaises noires et brûlées et que le vent souffle fort, si froid qu'on peut s'y geler les os, même en plein été. Ici rien à voir avec la Costa Brava riante, Rosas et LLoret de Mar, Cadaquès ou Begur ; pas de filles chics, aucune boutique de mode ni *restaurant avec lounge,* mais rien que de vieilles veuves et des hommes aux pensées rudes. Sur les collines, des maisons cossues que plus personne n'habite s'effritent, grignotées par le temps. Un escalier de pierres irrégulières descend vers la grande plage de galets, celle qu'on a baptisée *la plage des Morts*.

Déjà, Salvador respire à plein nez l'odeur du vent, la tramontane chargée d'embruns, de sel et de pluie. Avec le vent, avec la mer, avec le bleu impardonnable du ciel, il entend l'accent rocailleux des hommes et des femmes et retrouve en nuages sonores sa langue catalane qu'il s'est appliqué à oublier au fil des années.

À Colera, lorsqu'on parvient à s'abriter du vent, sous l'auvent de la Gambina, dans un creux entre deux rochers, le soleil réchauffe, puis brûle. Sa terre et sa mer, Salvador les voudrait, maintenant, tout de suite.

Ses orteils s'agitent dans les chaussettes.

Je t'attends, articule une bouche rouge géranium, *je t'espère*. Les mots se tracent lettre à lettre au néon fluorescent. Le trou spirale autour de son gros doigt.

Pourtant, ce que Salvador préfère, c'est rester à la surface des choses. L'introspection, ça ne l'intéresse pas. C'est étonnant pour un grutier, avait remarqué Estelle lors d'un dîner avec ses amies psys lorsqu'il exposait ses théories devant elles.

Ce serait plutôt l'élévation, ton truc, avait ajouté Estelle en se marrant. Tout le monde avait ri. Salvador aussi. Il aimait que sa femme brille. Il s'était levé pour resservir du vin à ses hôtes, un côte Vermeille conseillé par le caviste. Il aimait que sa table soit bonne, que les blagues fusent, même à ses dépens, souvent à ses dépens, que dans l'appartement plein et joyeux les amies cultivées de sa femme et ses collègues du bâtiment parlent tous en même temps, la bouche pleine et le verre jamais vide.

Aujourd'hui, les lourds battants qui fermaient les portes de sa mémoire sont ouverts. Une chute dans l'intemporel, une traversée des multiples zones de son intime obscurité et, à l'issue de ce grand voyage aux sources de lui-même, il revisite la plage des Morts, la mer odorante, l'hôtel La Gambina, les pins parasols, les maisons sur la falaise, son école près de la place au grand platane et, plus loin, à l'entrée du village, là où était garé le camion à pizzas de sa mère. C'est elle qui l'appelle, sa voix se mêle aux rugissements du vent et au bruit du moteur de la Mercedes. *Colera.*

Lui qui pensait avoir quitté cet endroit pour toujours il y a dix-sept ans.

Salvador sait aujourd'hui qu'il doit y retourner. Les vannes du regret et de la nostalgie sont béantes, et tout lui manque si fort, la mer, le village et le vent, qu'il en a mal au creux de la poitrine, tellement mal.

Il se frotte le front, les joues, le visage entier, et depuis les profondeurs de laine sa mère lui ordonne d'arrêter. *Mais qu'est-ce qu'elle peut bien foutre dans ma chaussette gauche ?*

Salvador est fatigué. Il se fatigue lui-même. Il voudrait penser *normal*, penser léger. Il se racle la gorge une nouvelle fois. Loin devant, à l'horizon, il fixe la route devant lui et ne pense plus qu'à ses chaussettes.

Estelle, sa femme, lui a acheté cette paire l'année dernière sur un site spécialisé. Avant, il avait toujours froid aux pieds en haut de sa grue, malgré le chauffage et les chaussures de sécurité en Gore-tex qui promettaient monts et merveilles. Maintenant, il n'a même plus besoin de les garder aux pieds, ses gros godillots. Il peut les laisser devant la porte de la cabine en montant le matin et passer la journée en chaussettes, tranquille, aussi à l'aise que dans son salon.

Estelle a commandé trois autres paires de ces chaussettes, mais pas des grises, il n'y en avait plus. Tant pis, on prend des noires. On les attend encore, pense Salvador, espérons qu'elles vont arriver un jour.

Il ne sait pas à quoi ça lui sert de faire mentalement l'historique de ces achats, à ne pas perdre le fil, il suppose. Il se rend compte du jeu de mots involontaire et rit tout seul, doucement, et le type qui le conduit lui demande si c'est parce qu'il est content de partir vers la frontière, Salva acquiesce, autant lui donner raison, et le type se présente : Fernando, il dit, en lui tendant une toute petite main boudinée par-dessus le volant. À peine une main d'enfant dans celle de Salvador qui a du mal à articuler son propre prénom tant sa bouche est sèche.

Il se souvient d'un coup qu'il a faim et qu'il a soif aussi.

Le type saisit quelque chose comme *ça va*, mais il comprend qu'il a mal entendu et fait répéter.

Sal-va, il prononce cette fois avec application. Les deux syllabes sont bien repérables, et Fernando acquiesce tout en conduisant. Salvador sent sa langue se tortiller dans sa bouche. Il se gratte la gorge, tousse encore, ça pourrait devenir un tic.

Salva, il répète, juste en cas.

Fernando sourit sans quitter la route des yeux et remonte le son de la radio. Il a bien compris cette fois.

AUTOROUTE, CHUCHOTIS, ESCARPINS ROUGES

L'autoroute défile, le chauffeur monologue. Salvador se tait. Il s'est peut-être assoupi un moment, et maintenant il a besoin de *réfléchir*, mais la voix de sa mère ne le laisse pas tranquille, tout le temps dans sa tête à chuchoter, tout le temps, et le conducteur à ses côtés qui jacasse sans plus s'arrêter. Fernando il s'appelle, le conducteur, comme son père et son grand-père et le père de son grand-père, avant on ne sait plus, mais c'était sans doute pareil, et il est insomniaque, et il vit seul depuis que sa femme est partie.

Voulait-il dire *partie ailleurs*, rentrée chez sa mère par exemple ou bien partie, *morte* ? Mais

Salvador ne demande pas, même si la question lui passe par la tête comme une étoile filante ou une fusée de feu d'artifice, parmi toutes ses pensées, parmi tous les chuchotis de sa mère, parmi toutes les images vues, souvenues et qui s'agitent tous ensemble dans un méli-mélo abrutissant, et il reste muet, Salvador, bien calé en son monde intérieur.

Alors que Fernando marque une légère pause et soupire, en attente de la réaction de son passager, il tourne la tête et regarde au-delà de la vitre. Ses pensées emmêlées se mélangent aux rayures que la vitesse, dans son imaginaire sans cesse en mouvement, trace devant lui : des rayures blanches et violettes et bleu pâle. Un joli camaïeu, dirait Estelle, les lèvres légèrement en avant.

Oh ! Estelle.

Fernando appuie sur le bouton de la radio.

Il a choisi une fréquence où ne passe que de la musique. Gloire à toi, *Fernando*, pense Salva quand il reconnaît les premières notes de ce morceau de jazz qu'il aime tant, mais dont il n'a jamais réussi à mémoriser le titre. Un truc en anglais. Il n'a jamais été très fort en anglais. Il se souvient de *Five* quelque chose. *Take me five ?* Non, ce n'est pas ça. Quand il était adolescent, c'était le générique d'une émission de jazz, il l'adorait et l'écoutait chaque semaine en faisant ses devoirs. Salvador soupire.

Il écoutait l'émission à la radio en faisant ses devoirs, sauf les soirs où sa mère s'était mis en tête d'économiser sur l'électricité et l'envoyait se coucher dans le noir dès que la nuit tombait. Souvent, ce genre de lubie la prenait et puis, à l'inverse, parfois dans la même semaine, elle dépensait sans compter dans les magasins de Llança ou de Collioure où Salva et elle se rendaient en bus. Elle achetait alors des vêtements de luxe, largement au-dessus de leurs moyens et surtout des chaussures. Des baskets de marque pour son fils, tout cuir, et des escarpins pour elle, toujours rouges. Elle en possédait des dizaines de paires, en usait autant chaque année en arpentant les plages de galets et les rues de Colera pavées à l'ancienne. Elle chaussait très grand pour une femme de taille moyenne, du 41, parfois 42 selon les modèles, et les commerçants des villes environnantes, qui avaient fini par la connaître, lui en réservaient plusieurs paires par an. Des rouge foncé presque bordeaux pour l'hiver, des rouges plus frais, orangés pour l'été. Dans leur petit appartement au premier étage d'une des maisons de la rue principale à Colera, les escarpins rouges prenaient beaucoup de place. Il y en avait partout. Empilés près du canapé en velours marron. Sur des étagères bancales qui couraient le long des murs. Sous la table en formica de la cuisine. Dans la chambre de la mère, en masse, et dans la chambre de Salvador, si étroite qu'on eût dit un placard, la mère était parvenue à en caser une bonne trentaine, sous le lit de son fils, sur les deux étagères fixées au mur, en guirlandes posées contre les plinthes, et même accrochées à la patère derrière la porte. Car elle se refusait à jeter les paires abîmées. Elle les gardait toutes, et les chaussures ne cessaient de s'entasser dans l'habitat exigu. Les paires se chevauchaient, s'empilaient, et souvent elles tombaient. Il suffisait d'une bourrasque, d'une porte refermée un peu trop fort, d'un mouvement brusque, un escarpin rouge glissait entraînant avec lui une pile entière de chaussures qui se retrouvaient par terre dans le plus grand désordre. Des jours durant, les escarpins restaient là, abandonnés, créant des flaques rouges sur le sol que ni la mère ni le fils ne touchaient, les regardant à peine, les oubliant même.

Lorsque la mère se lassait de les enjamber d'un air détaché comme s'ils n'existaient pas, il revenait alors à Salvador de tout remettre en place et dans la minute, avec en prime les hurlements de cette femme qui d'un coup ne supportait plus le désordre. Salvador exécutait les ordres de sa mère, le dos courbé, petit esclave, en espérant sans trop y croire qu'il pourrait finir de les ranger sans beigne ni torgnole, sans coup de pied aux fesses ni tape du plat de la main sur le haut crâne. Quelle que soit l'heure à laquelle la rage de sa mère se déchaînait, la tempête le conduisait toujours au fond de son lit, recroquevillé sous ses couvertures, sans larmes, les yeux ouverts sur le néant.

GLISSADE, APPUI-TÊTE, VOYAGE

Il glisse, il se sent glisser sur la route. Il fait nuit noire dans ces profondeurs. C'est chaud, tout dedans, tout à l'intérieur, *avalé*. La main s'ouvre et se ferme, une fleur de mer qui éclot. Les doigts ondulent une prière, dansent et s'agitent, *l'index fait signe*, il appelle, et la voix du vent ou de la mère chuchote, et Salvador ferme les yeux. La nuque renversée sur l'appui-tête, il se souvient de Colera ; tout lui revient à la gueule. Leur vie, fils et mère, serrés dans l'appartement de même pas trois pièces, au premier étage d'une maison dans la rue principale.

Fernando monte encore le son, et la musique occupe tout l'habitacle.

Elle emplit les oreilles de Salvador, son torse, ses organes, s'enroule à ses nerfs, colore ses liquides, s'immisce partout où elle peut.

Il ouvre les yeux et se cale sur son siège. Fixant les faisceaux des phares, il tapote les notes contre le plastique de la portière.

Ça pourrait être drôle un grutier et un gitan qui écoutent du jazz, coincés dans une Mercedes vert salade sur l'autoroute noire, il se dit, tout en se rafraîchissant la joue contre la vitre. Les gens s'étonnent souvent qu'il aime la musique, les livres, le cinéma. Parce qu'il travaille sur un chantier, ils imaginent qu'il ne s'intéresse pas à ces choses. Ce doit être pire quand on est gitan, se dit Salvador, tous les clichés qu'il faut porter sur les épaules.

Il jette un œil reconnaissant vers son chauffeur : merci, gars, il dit dans un silence entre deux notes, c'est cool.

Par-dessus la musique, Salvador lit les mots qui se forment sur les lèvres de Fernando : pas de problème. Et les deux hommes se sourient.

FRONTIÈRE, PIN PARASOL, VENT

La petite auto de l'insomniaque glisse vers la frontière. Salvador remarque que son chauffeur a quitté l'autoroute et s'est engagé sur la nationale. Enroulé dans sa grosse veste de chantier, bien au chaud, Salvador observe la route devenue plus étroite. De grands arbres apparaissent dans les phares de la voiture : derniers platanes que la maladie n'a pas fait abattre, pins parasols de toutes tailles. Il bouge les orteils dans sa chaussette gauche : le trou est en train de s'agrandir. Il a peur d'un coup de revoir sa mère et de ne pas savoir quoi dire. *Maman*, il pense de nouveau. *J'arrive*, il ajoute pour elle ou pour lui-même.

Il passe sa main sur son visage, frotte longuement. Il pourrait poser des questions à Fernando, lui demander pourquoi la nationale, mais il n'a pas envie de parler, toujours pas, et laisse la route se dérouler.

Sa large main contient le front, le nez, les yeux fermés, et ce massage le soulage.

Il frotte, frotte, il ne peut plus s'arrêter. Il lui semble même que sa main grandit au fur et à mesure qu'il malaxe son visage.

À la radio, la musique a repris. Il ne connaît pas le nom du morceau.

Arrête de te frotter la figure comme ça, gronde la voix de sa mère dans sa tête. Salva range ses mains devant lui sur le tableau de bord.

Souvent, le dimanche, un homme leur rendait visite. Dans le défilé de ses amants, celui-ci était différent. Plus âgé, il était toujours tiré à quatre épingles. Avec des costumes en lin beige pour l'été et des costumes en laine de couleur sombre pour l'hiver. Il n'avait plus beaucoup de cheveux sur le crâne, et son ventre était bombé, un peu comme celui de Salva aujourd'hui.

J'aimais bien ses yeux cernés de noir et les grains de beauté qu'il avait sur les joues. C'était le seul parmi tous qui était gentil avec moi. Il s'enfermait un moment dans la chambre de ma mère, et moi je pouvais jouer seul dans la cuisine avec le cadeau qu'il ne manquait pas de m'apporter : des crayons de couleur et du papier Canson, des livres illustrés, des jouets aussi. Il passait un moment avec ma mère, et puis il venait me rejoindre dans la cuisine pendant qu'elle se préparait pour sortir. Il parlait peu. Il me regardait colorier ou pousser mes autos, et sa présence m'était agréable. Ensuite, nous allions tous les trois au restaurant. Il nous invitait à la Gambina.

Le patron, un type un peu rougeaud avec des cheveux noirs épais comme un casque, nous servait sans quitter ma mère des yeux. Même entre les plats qu'il nous apportait – des moules marinières, des dorades aux pommes de terre, des *boles de picolat* et des terrines fameuses –, il restait à nous surveiller. S'il n'y avait pas grand monde dans le restaurant, il s'asseyait à une table derrière nous, s'effondrait sur une chaise. Même si toutes les tables étaient prises, il s'appuyait contre le mur du fond de la vaste salle à manger et attendait que nous ayons terminé. Il aurait tellement voulu que ma mère soit à lui plutôt qu'au visiteur du dimanche.

Par-dessus la table, ma mère me faisait des clins d'œil, on riait en se montrant le patron, on se donnait des coups de coude en douce. Ma mère s'était toujours moquée de lui, court sur pattes et casqué de cheveux trop épais et trop noirs. Fernando, il s'appelait, ça m'est revenu d'un coup. On rigolait aussi, parce qu'il racontait à tout le monde que le nom de Colera venait du latin, *colline*. Et comment ça se dit, en latin, *colline* ? ne manquaient pas de demander les buveurs accoudés au comptoir. *Collinis*, il répondait, sûr de lui. Ça redoublait nos rires, personne n'y croyait. On pensait qu'il inventait. Où est-ce qu'il aurait appris à parler latin ? Et Jules César, tu l'as rencontré ? lançait un rigolo au fond du bar.

Ça vient pas de *colline*, opposait le buraliste, c'est à cause de la maladie, le choléra. Oui, c'est sûr, ça s'écrit pas pareil, il ajoutait. Mais si tu veux savoir, ici en dix-huit cent et des brouettes, quand on était un cimetière pour l'autre village, de l'autre côté, là, il y a eu une épidémie de choléra. Cinq ans que ça a duré. N'importe quoi, insistait le patron, mains jointes, c'est *colline*, je te dis. *Colline/colera.* Regarde autour de toi. Ya que la mer, deux collines, et nous au milieu. T'as qu'à vérifier dans le dictionnaire, s'énervait le patron, à bout d'arguments.

Quoi ? s'étonnait le même gars au fond du bar. On est dans le dico ?

Alors, le patron se tournait vers les étagères, fouillait derrière les bouteilles d'alcool, puis avec des gestes lents exagérés repêchait son dictionnaire des noms propres, un gros parallélépipède aux pages écornées. Il se mettait à lire à haute et intelligible voix. Au début, les clients attablés essayaient de plaisanter encore, lançaient des vannes en étouffant leurs rires, mais, vite, ils se taisaient et écoutaient. Ils étaient un peu déçus quand même que leur village ne tienne pas son nom de quelque chose de plus grandiose que ces collines, deux dos ronds qu'on pouvait dessiner d'un seul doigt.

Tant qu'à figurer dans un dictionnaire, ils auraient sans doute préféré être issus d'une maladie dangereuse, une colère, n'importe quelle colère, celle du vent, des hommes ou des dieux, quelque chose enfin de sombre et d'exceptionnel. Face à leurs mines contrites, leurs regards baissés sur leurs grosses mains rougies et ridées, le patron de la Gambina regrettait de les avoir déçus. Pour que la bonne humeur revienne, il payait sa tournée, resservait les verres sans se tromper sur les boissons, ni oublier personne.

Façon, concluait le type au fond du bar, Colera, ça s'écrit sans accent. Ça pouvait pas venir de *colère*. Ni de *choléra*, ça s'écrit pas pareil, reprenait quelqu'un qui avait bien suivi la conversation.

Ouais, laissait tomber le patron, le regard tourné vers la promenade où le vent et la Méditerranée se livraient bataille, ici y a que la mer, deux collines, et nous au milieu.

MERCEDES, FLAMANT ROSE, PIANO

Parfois, *monsieur Josep* – c'est ainsi que l'appelait ma mère –, nous emmenait faire un tour dans sa voiture jaune. Une bagnole extraordinaire avec trois places à l'avant. On allait jusqu'à Portbou ou bien à Llança en passant par la route de la corniche. Ma mère s'asseyait près de lui. Elle lui massait la nuque pendant qu'il conduisait, et moi je me perdais dans l'immensité du paysage, de la mer qui s'étendait loin en avant. Une fois, il m'avait dit, si tu nages assez loin et tout droit, tu pourras aller jusqu'en Afrique.

Quand Josep est mort, tout le monde a été au courant dans la région.

Il a été retrouvé avec plusieurs balles dans le corps au sommet du monument aux Catalans, sur l'autoroute entre la France et l'Espagne. On a parlé d'un règlement de comptes, mais personne n'a jamais su ce qui s'était passé. *Ils m'ont tué le père de Salvado*r, a dit ma mère au patron de la Gambina, le dimanche suivant quand on est passés devant sa terrasse. J'étais petit, elle me tenait la main bien serrée dans la sienne, et j'ai fait comme si je n'avais rien entendu. Je ne sais pas ce qu'est devenue sa voiture jaune extraordinaire, mais j'ai longtemps rêvé d'avoir la même.

— La route est belle, commenta Fernando.

Devant eux, ils virent un flamant rose en plein vol, éclairé un moment par les lumières de l'autoroute. Salvador l'admira, le nez contre le pare-brise. Il avait un peu moins faim maintenant.

En regardant disparaître l'oiseau dans le ciel sombre, il se dit que, s'il parvenait à ressouder les liens avec sa mère, il passerait deux ou trois jours avec elle, une petite semaine au plus, puis il rentrerait. Il expliquerait à Estelle pourquoi ce départ précipité. Il lui parlerait du trou dans sa chaussette, du malaise et de son réveil à l'hôpital. Il lui raconterait tout sans rien omettre. Elle comprendrait, elle comprenait toujours.

Il faisait noir et très chaud maintenant dans la voiture qui roulait vite. Les standards de jazz avaient fait place à une chanson des Beatles. J'aime pas trop, avait commenté Fernando. Moi non plus, avait répondu Salvador, c'est trop sucré.

Fernando avait baissé le son au maximum, attendant quelque chose qui leur plairait mieux.

Le vent soufflait fort, parfois une bourrasque puissante faisait tanguer la voiture. Salva avait gardé sa grosse veste, et ses jambes étaient repliées sous la boîte à gants. Sa tête touchait le pavillon en ogive de la voiture, et son coude se frottait au levier de vitesse.

Fernando lui jetait des coups d'œil tout en conduisant, et, derrière ses paupières closes, Salva sentait son regard protecteur.

Soudain, Fernando remit le son à fond. C'est Arno, il dit, tout content, malgré les premières notes de piano en mode mineur qui emplissaient l'habitacle, et lorsque la voix rauque du chanteur s'éleva, le gitan se mit à chanter ; Salvador, qui se souvenait des paroles, le suivit de même :

Ma mère, elle a quelque chose,
Quelque chose de dangereuse
Quelque chose d'une allumeuse
Quelque chose d'une emmerdeuse

Elle a des yeux qui tuent
Mais j'aime ses mains sur mon corps
Et j'aime l'odeur au-dessous de ses bras
Oh oui, je suis comme ça

Les notes de piano tombaient comme une pluie du nord sur la route noire, et les paroles défilaient, portées par la voix des trois hommes, celle reconnaissable entre mille du chanteur belge, la voix agile de Fernando, et celle enfin de Salvador, complètement fausse.

Dans les yeux de ma mère, disait le refrain, *il y a toujours une lumière.*

Salvador gueulait et gesticulait, se cognant les poignets contre le plafond de la voiture.

Ma mère elle m'écoute toujours
Quand je suis dans la merde
Elle sait quand je suis con et faible
Et quand je suis bourré comme une baleine

Puis, la chanson se termina, et les deux hommes restèrent orphelins et silencieux à regarder la route.

— Chanter, dit Fernando au bout d'un moment, ça fait du bien.

Sa remarque tomba entre deux traits fluorescents sur l'asphalte aussitôt avalés par les roues de la Mercedes, la vitesse, le temps. La radio s'était arrêtée toute seule, ou bien ils ne l'entendaient plus, concentrés pour ne pas laisser couler de leurs yeux les mers, les lacs et les rivières intérieures.

APPUI-TÊTE,
CAMION À PIZZAS, PÈRES

La nuque renversée sur l'appui-tête, mené par Fernando jusqu'au bout de la route, Salvador ruminait. Il aurait mieux valu rebrousser chemin, Fernando aurait accepté. Alors, il serait retourné à son poste, assis dans la grue, bien calé sur son fauteuil. Les pieds dans ses chaussettes posés à plat sur la vitre panoramique, il aurait repris son travail, et, comme d'habitude, serait rentré à la maison avec Estelle, aurait fait sa muscu, une heure, deux heures, et ses joues seraient restées creuses, son ventre plat, les abdos bien dessinés. Il n'aurait pas eu cette dégaine de bonhomme ventru, et tout aurait été comme avant.

Un petit trou, pensa-t-il en remuant son gros orteil, engoncé dans les mailles détricotées de sa chaussette, un petit trou et tout fout le camp.

Tant de labeur pendant des années pour bâtir l'existence dont il avait rêvé : avoir un travail honnête qu'il avait choisi lui-même, gagner son salaire à la sueur de son front, épouser la femme qu'il aimait et bientôt célébrer la naissance de leur premier enfant ; des choses simples, belles et propres qui lui avaient coûté d'immenses efforts, du courage et de la ténacité, et qu'il était peut-être en train d'anéantir. C'était la seconde fois de sa vie qu'il s'en allait sans rien dire à personne. Il avait dû quitter sa mère et maintenant, pour la retrouver, il devait retourner à son point de départ. *La vie est pleine de surprises, la surprise, c'est la vie*, il chantonna en se laissant glisser sur le siège, yeux fermés, bras croisés sur le torse.

Ado, j'ai travaillé avec ma mère, d'abord dans son camion à pizzas garé à l'entrée de Colera, puis, dans les dernières années, dans son établissement, comme elle disait, le restaurant qu'elle avait monté en ville, sur la place du village. Mais jamais je ne me suis senti à ma place. Moi, c'est autre chose que je voulais.

Après mon bac, j'aurais bien continué mes études. J'avais du goût pour l'histoire et les matières littéraires, alors j'ai pensé à la sociologie ou à la psychologie. Mais ma mère m'en a empêché. Un homme, chez nous, ça travaille de ses mains, elle disait. Je ne savais pas à quoi, à qui elle faisait référence. On n'avait jamais habité que tous les deux, et si *monsieur Josep*, le visiteur du dimanche, était réellement mon père, si ma mère n'avait pas raconté n'importe quoi au patron de la Gambina, le jour où on avait retrouvé Josep sur le monument aux Catalans, le corps criblé de balles, je n'avais pas la moindre idée de la profession qu'il exerçait. Enfant, ça ne m'était pas venu à l'esprit de demander, et ensuite c'était trop tard.

— T'as pas de papa, toi ? me demandaient souvent les enfants à l'école.

— Si, mais il habite dans une autre maison.

Les enfants acceptaient ce qui paraissait être certain et imaginaient des maisons sur des falaises, des appartements en haut d'une tour, un château peut-être, au-dessus duquel flottaient des nuages blancs parfaitement dessinés dans un ciel bleu de coloriage.

— Plus tard, ça m'a plu d'ignorer d'où je venais, tu comprends ? Salvador tentait souvent d'expliquer à sa femme. Je me suis senti libre du côté paternel, libre de tout imaginer.

Estelle soupirait, penchait sa tête d'un côté et, avec cette voix de prêche qu'elle prenait souvent et qui énervait, elle ajoutait :

— Tu ne te rends pas compte, Salva ! Le manque du père ! Il te faudra creuser la question, que tu le veuilles ou non. Tôt ou tard, tu devras le faire.

Salva haussait les épaules : des pères, il n'en avait pas manqué.

— Ma mère, elle m'en a imaginé une bonne douzaine. Un marin musclé, une autre fois un journaliste marocain à moustaches, et même un pompier de Paris en vacances sur la côte Vermeille. Elle m'a aussi parlé d'un journalier andalou, d'un paysan de Cerbère, un commerçant, riche paraît-il, mais marié. Ils étaient tous mariés en fait. Et elle, elle n'avait pas eu de chance. C'était ça, son discours. Même le buraliste, à un moment donné, elle m'a fait croire que c'était mon père. Moi, je préférais Josep, parce que c'était le seul qui passait le dimanche avec nous. Surtout l'hiver. L'été, non, je ne me souviens pas qu'il soit venu à la maison.

Estelle posait d'autres questions que Salvador trouvait toujours embarrassantes. Arrête de faire ta professionnelle, il répondait en riant. Je ne suis ni ton client ni un objet d'études.

Il préférait passer à autre chose, et ils ne finissaient jamais leurs conversations à propos des parents de Salva qui, coincé dans ce genre de débat, se disait à chaque fois qu'avec une femme psychologue à la médecine du travail il aurait mieux valu inventer dès le début une histoire plus simple, affirmer qu'il n'avait jamais connu ses parents, qu'il était orphelin, élevé dans une institution. Sans père et sans mère, tranquille dans son silence, avec peut-être la possibilité de tout oublier.

MAJORETTES, FLOUZE, ENGUEULADES

Un dimanche comme souvent, Josep était venu nous voir. Il m'avait apporté un garage en plastique à trois niveaux avec station-service et une réplique de sa Bagheera. J'ai posé le garage sur la table de la cuisine. À genoux sur une chaise, j'ai garé la Bagheera sur l'un des côtés bordés de cyprès miniature pour pouvoir l'admirer pendant que je faisais monter et descendre mes autres voitures – toutes offertes par Josep – sur le grand toboggan qui les conduisaient jusqu'à la pompe à essence. J'ai soulevé du bout du doigt le coffre en Plexiglas orange de la petite auto et approché mon œil au plus près. Tout était conçu de manière si réaliste que j'ai pu voir se dessiner le moteur, la vitre de protection qui le séparait des trois fauteuils, le volant au méplat caractéristique et le tableau de bord plein de boutons. Je suis resté longtemps collé au coffre comme à un œilleton et j'ai fini par remarquer la silhouette du conducteur. C'était ma mère ! Et à ses côtés, allongé sur les deux banquettes restantes, Josep dans un costume noir élégant. *Tout est à sa place*, j'ai pensé.

J'ai fait rouler la Bagheera sur la table, puis je l'ai soulevée et fait voler tout autour de moi. Dans la lumière du soleil couchant qui tombait à l'oblique sur la carrosserie rutilante, la Bagheera est apparue dans un jaune bouton-d'or si pur que j'ai dû mettre mon autre main en visière pour ne pas être aveuglé par le puissant halo. J'ai continué à tourner en toupie, la petite auto posée sur la paume de ma main ouverte, l'autre main en protection au-dessus de mes yeux, lorsque, en provenance de la chambre, me sont parvenus des éclats de voix.

— Tu n'as jamais manqué de rien, criait Josep à pleins poumons.

— Tu déconnes ou quoi ? hurlait ma mère, T'as vu où tu nous laisses vivre ? T'as vu la gueule de cet appart' ?

Je me suis figé, la Bagheera m'a échappé des doigts, elle s'est cognée contre la table de la cuisine. Je me suis précipité pour la ramasser. Un petit bout du coffre en Plexiglas s'était cassé. J'avais les larmes aux yeux. Derrière la cloison toute fine éclatait leur colère.

— Et l'argent que je te donne tous les mois ? criait Josep

— C'est normal, ça, on va pas revenir sur la question. Là, je te demande seulement de me prêter.

— Non.

— Pourquoi ?

— J'ai pas d'argent à moi, je te dis. La boîte appartient à ma mère et à des gens.

— Des gens ?

— Oui, loin, au sud. Des gens qui rigolent pas. S'ils apprennent que je t'ai prêté quelque chose, même une petite somme, on aura des ennuis.

— T'es pathétique. Je te le rendrai ton flouze, vociférait ma mère.

— Parce que tu crois que tu vas faire fortune en ouvrant un restau dans ce bled ? Ça vaut pas le coup, j'te dis !

— Tu penses que je vais passer ma vie entière à faire des pizzas dans ce camion de merde ?

— C'est déjà pas mal, vu ton parcours. Contente-toi de ça.

J'étais à genoux par terre, ma petite voiture jaune toute cabossée dans les mains, quand j'ai vu sortir Josep de la chambre de ma mère. Il essayait de remettre son manteau de laine, et les manches lui faisaient comme des doubles bras. Tout embrouillé dans le tissu, il a réussi à ouvrir la porte et il l'a claquée si fort que les murs en ont tremblé. Ma mère l'a suivi, à moitié nue dans sa nuisette, mais elle est arrivée trop tard, la porte était déjà refermée ; elle l'a rouverte, a crié des insultes dans le vide. Le vent tournoyait dans sa robe, et ses cheveux longs volaient en tentacules au-dessus de sa tête. Josep était déjà loin, alors elle a reclaqué la porte, les murs ont tremblé plus fort encore, mon garage est tombé de la table, suivi par toutes les petites voitures, et des étagères tous les escarpins. Je me suis caché sous la table, mais ma mère est quand même venue m'en dénicher. Elle m'a tiré par le bras, ça a fait *clac* dans mon poignet, j'ai glissé sur le lino jusqu'à elle. T'es trop con, elle m'a crié plusieurs fois aux oreilles, et j'ai pris ma dérouillée, il fallait bien qu'elle se défoule.

PLAGE, GALETS, BALEINE

Après le dîner, quelle que soit la saison, la mère aimait qu'ils aillent marcher un moment le long de la promenade maritime. Parfois, quand la lune éclairait les marches de béton rugueux qui descendent vers la mer, ils poussaient jusqu'à la grande plage, la plage des Morts. C'est là qu'autrefois les gens de Portbou, qui se trouve juste de l'autre côté de la falaise, ne possédant pas de lieu où mettre leurs morts en terre, les emmenaient sur des barques à fond plat, de nuit, dans des linceuls blancs. Les corps étaient ensuite mis en bière à même la plage par les hommes du village et enterrés le lendemain au cimetière de Colera.

Un hiver, par une nuit froide, Salvador et sa mère sortirent tous les deux emmitouflés pour leur promenade.

Elle avait un peu trop serré l'écharpe de laine autour du cou de l'enfant. Les fibres grattaient sa peau, et il avait du mal à déglutir, mais il n'osait pas défaire le nœud que sa mère avait ajusté de ses propres mains, mais, risquant de gâcher sa bonne humeur – il lui en fallait moins que ça –, il n'osait pas défaire le nœud que sa mère avait ajusté de sa propre main. Son sourire doux se muait alors en grimaces sévères, ses yeux lançaient des éclairs, ses mains frappaient, ses ongles griffaient, ses poings cognaient ; alors tant pis, l'enfant préférait étouffer plutôt qu'être battu.

De loin, depuis le haut de l'escalier qui domine la mer, ils aperçurent une masse sombre au bord de l'eau. Ils imaginèrent en descendant vers la plage que la moitié de la colline s'était détachée ou bien, dit l'enfant, que la lune avait perdu un rocher, mais ce qu'ils découvrirent les étonna plus encore : un gigantesque poisson à la tête trois ou quatre fois plus grande que le reste du corps avait échoué sur les galets.

C'est une baleine, affirma la mère lorsqu'ils furent assez proches.

Ils restèrent un moment côte à côte à l'observer, minuscules à côté de l'énorme bête qui ne bougeait pas et dont l'œil rond fixe et humide semblait regarder l'enfant.

Elle est morte ? il avait demandé, la gorge serrée par l'écharpe et l'émotion.

Sa mère ne prit pas la peine de répondre. Elle lui lâcha la main et courut sans un mot vers la cafétéria de la plage, fermée en cette saison, qui se trouvait derrière eux, dans la pinède. C'était une bâtisse de plain-pied construire en briques rouges. L'été, sur la terrasse, étaient disposées des tables et des chaises en plastique. On y vendait des boissons fraîches, des sandwiches et des glaces.

La mère disparut derrière la maison, et l'enfant se retrouva seul avec la baleine, près de laquelle il s'assit, les genoux ramenés contre la poitrine. Moucheron face à une montagne, il n'éprouvait pourtant aucune peur, aucune inquiétude tant se dégageait de l'animal un calme bienfaisant. Il resta un moment à la contempler, admira la couleur de sa robe d'un gris sombre aux reflets bleutés, les doigts enfouis sous les galets.

Salvador se dit qu'elle avait dû vivre des aventures extraordinaires et qu'elle avait besoin de se reposer maintenant. Il avait envie de lui chanter une chanson. Il chercha, mais il n'arrivait pas à se décider. Ce qu'il avait appris à l'école ne lui semblait pas à la hauteur de cet extraordinaire animal ; aussi, il se mit à improviser avec ce qui lui passait par la tête.

Il lui sembla soudain que la baleine avait frémi.

Elle écoutait, il en était certain. Elle bougea de nouveau.

Avec l'espoir qu'elle puisse bientôt reprendre la mer, Salvador s'avança vers elle, à quatre pattes comme un tout petit garçon qu'il n'était déjà plus. Il devait avoir onze ou douze ans quand c'est arrivé. Lorsqu'il fut assez proche, il tendit la main et caressa un peu de l'énorme joue de la baleine qui ferma les yeux avec un gros soupir triste. Salvador s'enhardit. Maintenant, il lui frottait le flanc des deux mains. On aurait dit un habitant de Lilliput près de l'animal aussi grand qu'une maison à deux étages.

La baleine ouvrit les yeux de nouveau, et Salvador vit se former une larme, une grosse larme comme une perle à la lumière de la lune.

Il en oublia tout : l'écharpe qui serrait trop et sa mère qui avait disparu depuis un moment du côté de la pinède. Il se pelotonna tout entier contre la baleine, les bras ouverts, dans un abandon total, certain qu'elle retrouverait ses forces, s'il l'aimait assez.

Il souhaitait plus que tout qu'elle l'emporte avec lui sur les flots, pour un grand voyage autour du monde dont il reviendrait peut-être un jour, grandi, fort et courageux.

Soudain, il perçut derrière lui un bruit de pas précipités dans les galets. Il se retourna. Sa mère venait de sortir de l'obscurité et se tordait les chevilles sur ses talons hauts, en brandissant un long bâton noir. Elle mettait toute sa force à le lever haut devant elle, le visage crispé et les yeux plissés par l'effort. Le temps qu'il ouvre la bouche et se mette à crier, le fer, car c'était une barre de fer qu'elle avait dû trouver quelque part à l'arrière de la cafétéria, peut-être dans la pinède, oubliée ou perdue depuis l'été, le fer cogna et déchiqueta la baleine.

L'enfant fit un bond en arrière. Bouche et yeux grands ouverts, il assista à la scène immobile, figé de stupeur.

À la lumière de la lune, la mère de Salvador se déchaîna, frappa, enfonça la barre de fer dans la chair de la baleine qui, poussée sur la plage par le roulis des vagues, faible et agonisante, n'avait pas la force de résister.

La mère essaya même de grimper sur le dos de la baleine, glissa trois fois, perdit l'un de ses escarpins dans cette étrange bataille qu'elle livrait avec l'animal qui ne se défendait pourtant pas.

Toute force débridée, elle ne prit pas la peine de remettre ses chaussures. Pieds nus, bouche mauvaise, elle continua de frapper. La chair se détachait en morceaux qui volaient tout autour et se perdaient dans la nuit. Une fois l'animal mort, elle le tua encore et encore alors que, lentement, une flaque sombre se répandait sur les galets et dans la mer qui prenait une teinte rouge foncé aux reflets mauve et violet.

Dans la tête de l'enfant des pensées s'agitaient, des idées de sauvetage irréalisables, de lutte impossible contre la mère et d'appel au secours. Il se voyait agir, mais restait immobile, les pieds enfouis sous les galets, terrorisé, bouche bée et bras ballants, les yeux grands ouverts à regarder la baleine qui formait une masse sanguinolente dans la lumière bleutée de la lune.

Et puis la mère fit une chose bien plus

étrange encore. Quand elle fut assurée que la baleine ne vivait plus, elle plongea le bras, puis la moitié de son corps dans la gueule de l'animal. Elle fouilla, chercha, mais ne trouva pas ce qu'elle voulait. Le sang recouvrait ses vêtements, ses cheveux, son visage et ses mains, et elle haletait et lançait des jurons à la belle baleine morte, trouée de toutes parts.

La mère savait que le vomi de baleine vaut plus cher que l'or. Comment elle l'avait appris demeure un mystère. Et c'est cela qu'elle cherchait : l'ambre gris, cette substance précieuse qui enrichit celui qui la trouve, mais elle n'eut pas cette chance et dut se résigner à rentrer bredouille.

Salvador la suivit sans rien dire, tête basse.

À la maison, la mère s'enferma dans la salle de bains pendant que l'enfant regagnait sa chambre. Il s'endormit aussitôt. Ce qui s'était passé cette nuit-là, il l'enfouit dans sa mémoire, dans une de ces galeries profondes que nous possédons tous et qui, si nous devions les visiter, ressembleraient à l'enfer, pleines de peurs, de terreurs et de sentiments sales aussi, répugnants et indignes.

Avec le jour qui se levait, le massacre fut découvert. Les quelque quatre cents habitants du village étaient tous accourus sur la plage. Les gens parlaient fort, comme on fait en Espagne et tous en même temps. Une baleine échouée en plein village, ça n'était jamais arrivé ici, d'aussi loin qu'on se souvienne.

Les gens s'approchèrent, virent l'animal mis en charpie. Les femmes éloignèrent les enfants et remontèrent leur mouchoir sur la bouche, les hommes secouèrent la tête, incrédules.

Personne ne sut quelles étaient les causes des blessures. On imagina les scénarios plausibles. On débattit longuement sur la plage et encore au café de La Gambina. Il fallut plusieurs hommes pour découper la dépouille et nettoyer la plage.

Jamais Salvador ne raconta à personne ce

qu'il avait vécu cette nuit-là, mais longtemps, il sentit autour de son cou la brûlure des fils de laine.

PORTE, VENT, TAMARIS

Je suis arrivé à Colera de nuit. Mes chaussures de chantier claquaient sur l'asphalte. J'avançais seul dans le village endormi. Je savais que ma mère n'habitait plus dans le petit appartement que nous avions partagé autrefois. Je le savais, je le sentais. On dit que les mères et leurs enfants échangent des cellules pendant la gestation et que certains conservent longtemps en eux cet héritage commun. Ça expliquerait. Ma mère avait occupé mon corps, et moi, yeux fermés, j'avais résidé dans le sien. Une fois, elle s'était réveillée au moment où je me levais précipitamment en pleine nuit pour aller vomir, rendu malade par un plat de la cantine. Elle savait tout sur moi : si mes leçons étaient apprises avant même de me poser la question, si j'avais besoin de réparer la roue de mon vélo avant de l'avoir vue dégonflée, si mes chaussettes *puaient ou si j'étais dans la merde*. Moi, de même, je suis capable de sentir où elle se trouve dix-sept ans après mon départ de Colera. Rien n'a changé, et le fil reste solide entre ma mère et moi.

Qui, dans les ténèbres, ne reconnaît pas le chemin menant chez lui ne le retrouvera pas, même en pleine lumière ; mais, alors que mes pas me conduisaient jusqu'à l'hôtel restaurant La Gambina, j'ai senti le sourire qui fleurissait sur mon visage et je me suis dit que *le roi du jour et de la nuit*, c'était moi et seulement moi. Alors, j'ai bombé le torse et j'ai continué tout droit.

Le vent tourbillonnait. Il hurlait et agitait ou plutôt secouait tout ce qui pouvait l'être : les vagues, les pins et les tamaris, les bâches du restaurant, les cheveux qu'il me restait, le tissu de mon pantalon autour de mes jambes.

La tramontane était encore plus puissante que dans mes souvenirs et me poussait vers l'entrée de l'hôtel. L'ensemble occupait tout un angle sur la promenade maritime. Face à la mer, la salle du restaurant et du café. Dehors, un groupe d'hommes et de femmes discutaient, un verre à la main malgré le vent violent et la nuit froide. Le restaurant et le café étaient éclairés. Je voyais les tables avec le couvert dressé pour le repas du soir. Personne n'était encore venu s'asseoir.

Devant la porte de l'hôtel qui donnait sur la rue perpendiculaire à la mer, plus abritée du vent, j'ai hésité. Quelque chose me retenait. J'ai regardé à travers la porte vitrée encadrée de bois marron clair. Le hall d'accueil était vide. J'ai poussé la porte. Je suis entré. Une odeur de cuisine m'a pris au nez, riche et pleine d'huile d'olive. Mon ventre gargouillait. J'avais faim. Je n'avais pas mangé depuis le matin. J'aurais voulu m'attabler et commander du poisson, des pommes de terre cuites au four qui baignent dans l'huile, du vin rude d'Espagne, des olives et du pain et pour dessert du fromage au miel. Mentalement, j'ai fait le menu. Mais, derrière le comptoir, est apparue une femme.

Ma mère.

Elle me regarde. Elle me prend pour un client, n'importe quel client. J'ouvre la bouche, j'avance d'un pas. Aucun son. J'ai peur de sa réaction, qu'elle crie, qu'elle me punisse. Je voudrais parler avant elle, mais je ne trouve pas les mots.

Elle me regarde. Je vois l'hésitation dans ses yeux.

Elle passe devant le comptoir. Elle porte des escarpins rouges, une robe bleu marine à plis, un peu trop large, elle a forci, et ses cheveux coupés au carré sont lissés. On la dirait à peine vieillie en dix-sept ans. Elle a l'air d'une bourgeoise.

J'ai un mouvement vers elle, je voudrais me jeter dans ses bras, *dans ses yeux une lumière.* Elle lève un sourcil interrogateur :

— Salva ?

Je n'ai pas assez de souffle pour dire oui. Je baisse seulement les yeux.

Elle avance, les poings sur les hanches.

— Tu travailles ici ? j'ai réussi à articuler d'une voix chevrotante.

— C'est moi la patronne. J'ai épousé Fernando. Ça t'emmerde, peut-être ?

Je recule. On s'était tellement foutus de sa gueule à Fernando, avec ses cheveux en casque et ses petites jambes, je n'en reviens pas. C'est dingue, j'ai pensé, ses fils, les triplés débiles, sont donc mes demi-frères. Ma mère s'avance plus près. J'ai imaginé qu'elle allait me prendre dans ses bras. Ça lui était arrivé une ou deux fois quand j'habitais avec elle. J'aurais aimé qu'elle le refasse. On ne s'était pas vus depuis si longtemps.

Je lui ai demandé si elle était d'accord pour qu'on s'assoie. J'ai désigné du menton le gros canapé de cuir et la table basse, installés dans un recoin dans le hall. Si tu veux, elle a dit en haussant les épaules.

— Tu prends un pastis ?

— Non, j'ai dit. Je bois plus d'alcool.

Elle a levé un sourcil, étonnée.

— Eh ben elle a soufflé, t'es devenu moine ou quoi ?

— Non, j'ai dit. Grutier.

— Ah. Et ça gagne ? Elle me narguait déjà, je le sentais au ton de sa voix, à son menton relevé et son œil qui brillait. La bataille reprenait.

— Ça gagne, ouais.

— Tu prends quoi alors, une grenadine ?

Là, on y était. Je ne pouvais plus reculer.

— Non, rien, te dérange pas.

— Un verre d'eau ? Pas trop fraîche ? T'as toujours mal aux dents quand tu bois froid ?

— Je ne veux rien, j'te dis.

— T'es venu pour quoi alors ?

— Te voir.

— Me voir, elle a dit, faussement flattée.

— T'es ma mère.

— Il paraît.

— Ça te gêne que je sois là ?

— C'est ton problème.

— Comment ça, mon problème ?

— Ben, ça te regarde.

— Tu t'en fiches ?

— Je ne m'y attendais pas.

— Je pensais…

Je n'ai pas réussi à finir ma phrase sous les regards sévères qu'elles me jetaient.

— Tu pensais quoi ? Que je t'attendais en pleurant depuis tout ce temps ?

— Tu ne veux pas savoir ce que je suis devenu. Si je suis marié ? Si j'ai des enfants ?

— Vas-y, raconte.

— Pourquoi tu regardes l'heure ?

— Je regarde pas l'heure.

— Si, je t'ai vue.

— Bon, alors, t'accouches ? Si t'es venu pour me raconter ta femme et tes enfants, vas-y, raconte.

— C'est bon.

— Quoi, c'est bon ?

— Mais je sais pas, t'es pas normale. Je suis ton fils, merde.

— Tu t'es barré y a combien de temps, déjà ?

— Dix-sept ans.

— Et j'ai pas eu besoin de toi, t'as vu ? Je m'en suis sortie toute seule. Elle m'a montré les choses autour d'elle, le hall, l'hôtel, sa robe chic.

— Alors, pourquoi t'es revenu ? Pour te donner bonne conscience ?

— Ce n'est pas ça.

— T'as des comptes à régler, alors ?

— Mais non, je suis parvenu à articuler avec une voix si faible que j'ai rougi de honte. Elle avait déjà gagné la partie. J'étais touché-coulé.

— T'es toujours aussi con, elle a conclu.

Je me suis levé d'un bon. Elle aussi. Les insultes, je n'allais pas pouvoir supporter. C'était fini ce temps-là. J'étais devenu un homme, quand même. On est restés comme ça, face à face, furieux. Dégage, elle m'a dit en me montrant la porte. Je suis sorti, et elle l'a claquée sur mes talons. Je me suis retourné. Le lourd battant de bois s'était refermé, je l'avais évité d'un millimètre, je ne sais même pas comment.

CABINE, MANETTE, TROU

Allongé à plat ventre dans la cabine de la grue, Salvador peinait à se relever. Il se sentait mâché, fourbu, avec la sensation d'avoir été avalé de l'intérieur et puis recraché. Des voix murmuraient tout près de lui, pourtant il se savait seul. Il frissonna et réalisa qu'il avait froid, mal à la tête et aux tempes. Il ne comprenait pas ce qui s'était passé et n'arrivait pas à mettre ses idées en place.

Il se releva et palpa son corps. Tout allait bien, rien de cassé. Il épousseta ses vêtements, se rassit et, quoique un peu sonné encore, posa ses mains sur la manette, prêt à reprendre son travail là où il l'avait laissé.

Le malaise en plein ciel, c'était le cauchemar du grutier. Chez MTA levage, ils avaient un protocole bien précis au cas où. Deux ou trois ouvriers avaient un brevet de secouriste, la liste était affichée dans le bureau de José. Yazid l'avait passé. Et Arnaud aussi. Si un grutier tombait dans les pommes ou se blessait, ils envoyaient l'un des diplômés jusqu'à la cabine pour les premiers secours, qui le cas échéant appelait les pompiers. Encore fallait-il que le grutier donne l'alerte.

Bon, Salvador essaya de minimiser, on n'en est pas là. J'ai dû m'assoupir et c'est tout. Ça arrive à tout le monde, il pensa. Et je ne dors pas assez la nuit.

Il se cala dans son fauteuil à haut dossier, bien englobant, et se concentra sur son travail. En bas, le chantier fonctionnait comme d'habitude. Il regarda la pelleteuse creuser les fondations sur sa droite. Il avait des épines dans la gorge et la sensation d'avoir voyagé loin, trop loin. La pensée qu'il aurait dû appeler José continuait de le narguer. Il savait qu'il était censé prévenir le chef de chantier, lui dire qu'il avait perdu connaissance. Oh, à peine un centième de seconde. Suffisamment pour tomber de son fauteuil. Mais rien de grave, non rien de grave, répéta Salvador mentalement, et il ajouta à voix haute, pour finir de se convaincre : je ne suis pas tombé dans les pommes. Un instant perdu dans mes pires cauchemars, on ne va pas en faire toute une histoire. Il soupira et leva les yeux vers le ciel bleu lavande. Une hirondelle finissait de passer, il eut le temps de distinguer les plus longues plumes sur les ailes. Ça porte un nom, mais lequel ? se demanda-t-il sans trouver la réponse. C'était un vendredi du mois d'avril, et l'horloge dans la cabine indiquait quatorze heures, deux minutes et trente-sept secondes.

CHANTIER, BOSSE, NOMBRIL

Le hasard avait voulu que Salvador travaille sur le chantier juste en face de la résidence où il habitait avec Estelle, sa femme. Les parkings à ciel ouvert qui s'étendaient à perte de vue avaient été convertis en un nouveau quartier. Les fondations avaient été creusées à différents endroits. Bientôt s'élèverait des centaines d'habitations, des appartements de toutes tailles, du studio au F5. Certains bâtiments étaient achevés, les plus éloignés, du côté de la voie ferrée. La nuit, on voyait des fenêtres éclairées. Les appartements commençaient à se remplir, les gens emménageaient. Les autres immeubles, ceux qui allaient finir par boucher l'espace, étaient en cours de construction, mais Estelle s'en plaignait déjà. On ne voyait plus les trains passer. Ma vue, elle disait, ils me volent ma vue.

C'était un quartier entier qui se construisait sur plusieurs années. Sept immeubles, un jardin de ville, un hôtel, des boutiques et même un théâtre.

Le matin, Salvador n'avait plus à se lever aux aurores. Il pouvait dormir tard, jusqu'à huit heures au moins. Il lui suffisait de sauter dans sa tenue de travail, d'enfiler sa grosse veste tout en croquant un fruit, une tartine. Il grimpait les marches jusqu'à l'ascenseur à toute vitesse, c'était son sport de la journée, et, en moins de temps qu'il ne fallait pour le dire, il était à son poste. Le problème avec ce chantier, c'est que Salvador participait à la mise en place des bâtiments qui grignotaient l'espace autour de l'appartement qu'il avait acheté avec Estelle au début de leur mariage. Ils l'avaient choisi pour la vue imprenable sur la ville qu'offrait leur terrasse, et bientôt ils se trouveraient encerclés par des barres d'immeubles.

Salvador manœuvra la flèche.

Je vais très bien, il marmonna pour lui-même. Très bien. Pas de problème. Il conclut qu'il serait toujours temps de prévenir José plus tard, si jamais il ne se sentait pas dans son assiette.

Une nouvelle fois, il inspecta la cabine autour de lui. Tout fonctionnait, sa grosse veste patientait sur la patère, le papier froissé du jambon-beurre boudait dans la poubelle. Il y avait encore ces visages connus et inconnus qui allaient et venaient et tourbillonnaient sans cesse dans ses pensées, mais ce n'était rien, ces images allaient disparaître.

Salvador avala sa salive avec difficulté. Sa gorge était irritée, et il avait sur la langue un goût salé ; un peu comme lorsqu'on boit la tasse à la mer. Mais c'est quoi ce bordel ? il se demanda. Il entendit sa propre voix, mais elle lui parut différente, trop grave et mal assurée. Il chercha son reflet dans la vitre, il avait besoin de vérifier quelle tête il avait, mais le soleil qui brillait de pleins feux en face de lui l'en empêcha.

Tout au bout, le câble tenait la bétonnière, et du béton s'écoulait de la *goulotte*. À regarder cette matière diarrhéique se répandre, Salvador fut pris de nausée. Il faisait chaud dans la cabine malgré la vitre ouverte. Trop chaud.

Il palpa son crâne du côté droit : une bosse. Sa tête avait dû cogner quelque part quand il était tombé. Faudrait que je dorme. Ça fait des mois que je dors mal, il se dit en actionnant la manette pour ramener la bétonnière vers les ouvriers, sur la droite.

Il se frotta le visage de sa main libre. Estelle me trouve bizarre depuis quelque temps, elle a remarqué que j'ai maigri, que mes joues se sont creusées. Elle dit que c'est peut-être à cause du bébé qui va naître, qu'une naissance ce n'est pas rien, que ça chamboule.

En bas, il entendit un ouvrier crier. Celui qui gesticulait n'importe comment. À demi relevé de son siège, il se pencha pour voir. Le type gueulait, les bras en l'air. Encore un qui ne sait rien du métier, il se plaignit à voix haute. Et José qui s'en fout, qui ne lui apprend rien. Celui-là, au lieu de faire les yeux doux à ma femme, il ferait mieux de bosser.

Il garda son pied droit près de la pédale et posa son pied gauche à plat sur le siège, près de l'aine. La jambe calée dans le creux de son bras, une position qui lui était confortable et habituelle. Une manette dans chaque main, il jeta un œil vers son pied :

Oh ! il s'étonna, un trou dans ma chaussette.

Un trou rond comme un nombril, il pensa par-dessous le bruit de siphon qui emporta Salvador encore plus vite que la première fois, si vite qu'il n'eut même pas le temps de se pencher en avant, le trou l'aspirant vers les sous-sols les plus profonds, à travers barreaux et crinolines plus vite et plus loin que l'ascenseur, que les fondations, au-delà même de la croûte terrestre.

ROUTE, RIRE, MER

Salvador était en nage dans sa grosse veste. La température devait avoisiner les quarante degrés. Le sol comme les parois étaient à peine éclairés par une lumière dorée qui semblait venir *de l'intérieur de ses pensées*. Il se contorsionna à la fois pour rester debout et parvenir à se déshabiller sur cette route dont il n'aurait su dire s'il la foulait ou bien si elle roulait sous ses pieds. Dans cette sorte de tunnel bas de plafond, étroit et surchauffé, il se déplaçait sans pouvoir contrôler ni sa vitesse, ni ses mouvements.

Il revit sa veste accrochée dans la cabine de la grue et essaya de se souvenir à quel moment il l'avait de nouveau endossée, mais la question fila, disparaissant aussi vite qu'elle était venue, remplacée par d'autres idées, d'autres questions qui n'avaient pas le temps de se fixer, en même temps que, les yeux étrécis, il cherchait à apercevoir le bout de cette galerie. Ça doit aller à la mer, pensa Salvador croyant entendre le bruit des vagues. Il se vit marchant dans ce tube étroit, au sol souple et *comme fondant*. Ses tympans étaient assourdis par un bruit lancinant augmentant à chaque passage près des colonnes torsadées qui passaient devant ses yeux à intervalle régulier.

Il avait du mal à respirer.

Sans avoir à regarder ses pieds dont la nudité lui avait toujours fait horreur, il sentit qu'il ne portait plus *ses chaussettes*. Elles avaient dû glisser ou peut-être les lui avait-on prises.

Il lui fallait enlever sa veste.

Ses mains battaient l'air sans jamais pouvoir saisir la fermeture Éclair de son blouson. Ratant sa cible, il se gifla à plusieurs reprises, se griffa le menton et le sommet du crâne.

Ses joues ondulaient, sa mâchoire tremblait, il tanguait.

Il essaya de faire passer tout le vêtement par-dessus sa tête, tirant sur les bords et sur les manches.

Ses bras se retrouvèrent alors pliés sur son torse, coincés à l'intérieur. La chute menaçait, mais ses pieds avançaient quand même, collés à cette route qui allait seule.

Salvador cessa de lutter. Les bras croisés contre la poitrine à l'intérieur de sa veste, il se laissa mener. Ses jambes suivaient, et le reste avec. La route avançait comme un tapis roulant. Les muscles de ses cuisses, ses lombaires aussi, commençaient à lui faire mal, et ses pensées tout à l'heure si désordonnées s'alignèrent en une seule : garder l'équilibre. À tout prix.

Un groupe d'ouvriers arriva vers lui, de l'autre côté de la route. Ils étaient assis dans une benne munie de petites roues comme sur les vélos d'enfants ou les landaus. Ils approchèrent de Salvador en se marrant. Ils riaient, montrant Salvador du doigt, se disaient des choses à l'oreille en lui jetant des regards amusés. Salvador aurait voulu réagir, mais il ne pouvait pas sortir ses bras de la veste et devait se concentrer pour garder l'équilibre. Les ouvriers hilares croisèrent Salvador dans leur espèce de carriole et disparurent dans son dos sans qu'il ait pu rien faire, même pas les insulter. Et la route l'emporta toujours plus en avant, chancelant, les bras empêchés alors que le défilé se poursuivait. C'est Estelle, sa femme qui venait vers lui en glissant. Salvador sourit, elle était belle dans sa robe bleu et blanc, ses cheveux avaient poussé jusqu'à la taille. Quand elle arriva à sa hauteur, Salvador vit qu'elle tenait dans ses bras un paquet fait de plusieurs tissus enroulés les uns sur les autres. Elle toisait le grutier d'un air furieux, mais ses longues mains ouvraient les linges comme des peaux. Il n'y avait rien à l'intérieur, rien, que du vent, un vent tourbillon qui amena José, le chef de chantier. Il se pencha vers Estelle du haut de son mètre quatre-vingt,

Estelle est petite, et il l'embrassa, une main sur sa nuque, l'autre dans son dos. Salvador hurla sans bruit. Il savait bien que celui-là ne pensait qu'à une chose, prendre sa place. Et puis d'autres gens arrivèrent en voiture ou à pied. Il reconnut certains visages, d'autres lui demeuraient inconnus. Omar Sy, l'acteur, lui fit un salut de la main, avec son sourire toutes dents. Ulysse, le fils qu'Estelle a eu d'un premier mariage, la tête baissée, les épaules lourdes, traînait son cartable à roulettes au bord de la route comme s'il marchait sous l'eau. La fille Cabanel, la boulangère qui lui vend son sandwich quotidien et la baguette pour le soir, passa sans le regarder sur son vélo vintage. Salvador n'avait jamais su si elle s'appelait Léa ou Léna, la boulangère aux yeux d'un bleu incroyable. Il a un faible pour les boulangères à peau très blanche et yeux clairs. Les voir se tenir souriantes devant les pains bien alignés sur les étagères lui a toujours causé un grand émoi. Si ces deux bras n'avaient pas été coincés dans son blouson, il lui aurait envoyé des baisers, il aurait été audacieux et l'aurait invitée à le rejoindre sur sa route, ou peut-être qu'un salut chaleureux aurait suffi pour qu'elle comprenne qu'il avait envie de la baiser et qu'il l'aurait fait depuis longtemps, s'il n'avait pas été marié à Estelle.

Léa-Léna était la seule qui aurait pu l'aider, à cet instant, il le croyait avec ferveur, empêtré dans sa veste, les bras en croix sur la poitrine, mais elle le dépassa en pédalant. Sa robe était courte, ses jambes longues, bronzées, et ses mollets étaient galbés comme ceux d'une danseuse. Salvador se débattit pour qu'elle le remarque, il manqua perdre l'équilibre quand elle disparut derrière lui, remplacée par des hommes en gabardine et chapeau qu'il n'avait jamais vus. Toutes les couleurs se fondaient dans un gris de film muet. On dirait l'exode, pensa Salvador tristement alors que de son côté il n'y avait rien ni personne et que la route continuait d'avancer sous ses pieds, comme un tapis roulant d'aéroport. Il n'avait aucune prise sur rien, les bras misérables, coincés dans sa grosse veste. Alors il se mit à pleurer, plus triste qu'un petit garçon abandonné, plus seul et plus désespéré que le Petit Poucet, et ses yeux, deux aquariums, débordaient tant et si bien que sa veste se remplit d'eau. Sa tristesse et son désespoir devinrent une mer, la mer, la mer Méditerranée tout entière. Il coula lentement dans toute cette eau de lui-même. Il devint un gros poisson à jambes maigres. Il se vit en mérou avec une grosse tête et deux yeux en pâte à modeler posés dessus. Quelle joie, des nageoires ! Des larmes il passa au rire.

Il descendit plus profond dans la mer et de poisson devint méduse. Ses tentacules libres tracèrent des cercles, il scintilla dans tout le bleu sous-marin. Il tourna sur lui-même, méduse légère, il put enfin se mouvoir et il en profita, méduse si belle, et tournoya dans les profondeurs, méduse heureuse, son corps fait de membranes si fines qu'elles paraissaient n'être que de l'eau. Il était transparent. Il était de l'eau dans l'eau et, s'il avait encore eu une bouche, il l'aurait arrondi en *O* pour faire des bulles, des bulles irisées et légères en allées dans l'immensité aquatique.

PIN PARASOL, VENT, HÔTEL

Salvador sentit à peine la secousse. La voiture qui se déportait. La barrière qui cédait. Fernando criait. Salva se rappela en un éclair qu'il était dans la voiture du gitan. Il se souvint aussi que sa mère l'avait appelé, et qu'il fonçait vers elle, tout droit, dans la grosse Mercedes vert salade. Et ma Bagheera ? il pleurnicha en dedans de lui-même, elle est où ma Bagheera ?

Il ouvrit les yeux au moment où la Mercedes plongeait en avant. Après plusieurs tonneaux, félin agile et souple, elle retomba sur ses pattes dans un fossé coupe-feu. Les air-bags – que cette poubelle en soit équipée, c'était la bonne surprise de la soirée – venaient de s'ouvrir sous le choc.

Salva cria lui aussi et criait encore, bouche ouverte alors que tout avait déjà eu lieu.

Il reprit aussitôt ses esprits, se dégagea vite fait. Il avait mal à la nuque, mais ça irait. Rien de grave. Ça soufflait si fort dehors que la voiture à l'arrêt tremblait sur ses roues. Lorsqu'il voulut ouvrir la portière, le vent la lui arracha des mains.

Il parvint à s'extraire du véhicule à la tôle mâchée. La Mercedes de Fernando serait sans doute inutilisable. Au-dessus du champ dans lequel elle avait atterri, l'autoroute était vide, déserte, plongée dans le noir de la nuit.

Salvador distingua, couché en plein milieu de la voie, un énorme pin parasol.

— On l'a échappé belle. Bien content qu'on s'en soit sortis, il dit en se massant le cou.

L'air-bag de son côté commençait à se dégonfler. Il se rassit dans la bagnole. Il voulait tout raconter à Fernando : quelle chance, l'arbre aurait pu nous tomber dessus. Mais son compagnon de voyage ne réagit ni à son enthousiasme, ni au flot de paroles que la peur avait soudain déclenché en lui. Fernando n'avait pas bougé depuis tout à l'heure : le visage enfoui dans le gros coussin blanc, ses bras inertes pendaient de côté :

Fernando ?

Oh ?! Fernando ? Tu m'entends ?

Fernando ?

Il était mort. Et Salvador avait beau le secouer, vérifier le pouls, il était plus mort que mort.

Mince, Salva n'arrêtait pas de dire à voix haute. Mince alors. Mince. Il avait tant parlé sur tout le trajet, Fernando, que son silence paraissait d'autant plus lugubre.

Et le pin parasol qui bloquait la route.

Je n'ai pas pris mon permis, pensa Salvador en tâtant les poches de sa grosse veste.

Mais Fernando ? Que faire de ce ?

Le mot *cadavre* resta en travers de sa gorge. Tenant cette fois la portière à deux mains,

Salvador ressortit de la Mercedes. Lui, il avait besoin que les choses soient simples, et un cadavre, d'un coup, c'était trop compliqué. Et si près du but, à une heure, peut-être moins, de la frontière, il ne pouvait pas se permettre de ralentir.

Au point où en était Fernando, que Salva reste ou qu'il s'en aille, ça ne changerait rien.

De très loin sur la nationale rectiligne, Salvador entendit bientôt le bruit d'un moteur. Il eut à peine le temps de se glisser dans les fourrés que la lumière des phares éclairait l'arbre tombé à terre. Le véhicule freina, puis se rangea sur le côté.

Salvador distingua deux silhouettes. Le conducteur descendit et avec lui, les deux portières s'ouvrant dans un même mouvement, une autre personne, plus petite. Dans le noir, de loin, Salvador avait du mal à distinguer.

L'homme se retourna et, une main en avant comme pour faire barrage, il s'écria :

— Ne viens pas Quentin, reste dans la voiture.

N'obéissant qu'à moitié, le jeune adolescent que Salvador distinguait mieux, maintenant qu'il se tenait dans le faisceau de la lumière des phares, avança d'un pas encore, puis resta figé. L'homme s'approcha de la Mercedes vert salade, se pencha en avant et se redressa aussitôt en jurant.

Il sortit son téléphone portable de la poche de sa veste, mit sur haut-parleur. Il fit plusieurs fois le tour de la voiture accidentée alors que les sonneries résonnaient dans la nuit. L'adolescent s'approcha et, à son tour, se pencha pour voir à l'intérieur de l'habitacle. Il rit nerveusement pendant qu'à l'autre bout du fil une voix masculine s'élevait :

— Je vous écoute. Allô ? Allô ! Répondez.

— On est sur la route direction Leucate, dix kilomètres après le péage, un arbre est tombé sur une Mercedes.

— Des blessés ? C'est vous qui conduisiez ?

— Non, j'étais derrière avec mon fils. Mais j'ai rien vu. J'arrive bien après. Il y a personne sur la route.

— Des blessés ?

— Oui, le conducteur. Il a l'air très amoché.

— Il respire ?

— Non. On dirait que non.

— Quelqu'un d'autre dans la voiture ?

— Non.

— Papa, papa, s'écria Quentin, regarde les deux air-bags se sont ouverts.

— Comment ?

— Non, c'est mon fils.

— Qu'est-ce qu'il dit ?

— Venez vite, je vous en supplie, le type n'est peut-être pas mort, sauvez-le, vite.

— J'envoie une ambulance et un fourgon. Ne vous inquiétez pas. Restez près du blessé, au cas où, mais ne touchez à rien.

TAMARIS, LIT PLIABLE, SABLE

Salvador a préféré ne pas attendre l'arrivée des secours. Il lui semblait que, tout ça, c'était sa faute. S'il n'avait pas eu ce besoin impérieux de se rendre à la frontière pour revoir sa mère, l'arbre ne serait pas tombé.

L'homme avait indiqué l'emplacement exact où il se trouvait.

Salvador s'est dit qu'il passerait la nuit à Leucate. L'hôtel sur la plage doit être ouvert, et demain je prendrai une autre voiture jusqu'à Colera.

Sans se faire voir ni de l'adolescent ni de son père, il se glissa dans la nuit. Il marcha longtemps au hasard et finit par s'égarer sur les chemins. Il ne savait plus dans quelle direction il se trouvait, au nord de son point de départ ou bien au sud.

La main de sa mère avait cessé de le guider, elle ne lui parlait plus non plus, ne chantonnait plus à son oreille. Il se sentait perdu, abandonné.

Est-ce qu'elle lui en voulait pour l'arbre et pour Fernando ?

Si seulement il avait pu suivre le tracé rectiligne de la route au lieu de couper à travers vignes.

Il hésita entre plusieurs itinéraires possibles et décida de suivre les chemins qui bordaient les étangs.

Il s'est retrouvé à l'entrée d'un village, les chaussures lourdes de boue, frigorifié.

Les tamaris fouettés par le vent, les maisons basses alignées au bord de la plage lui rappelaient quelque chose. Il avait dû venir là, en été peut-être, (avant ou après peut-être, selon le sens) au tout début de sa relation avec Estelle. Le vent soufflait fort, presque aussi fort que chez lui, à Colera.

Salvador avait passé son enfance à écouter le vent mugir, rugir, siffler même lorsqu'il s'engouffrait dans les interstices, entre les vantaux de fenêtres et sous les portes. Très souvent et en toutes saisons, la tramontane soufflait si fort dans son village qu'elle faisait bouger le faux plafond de l'appartement où il habitait avec sa mère. Sur les étagères, les objets vibraient, les escarpins que sa mère collectionnait semblaient pris de transe et dansaient la gigue. Toute la journée, la nuit et jusqu'au petit matin, jusqu'à ce que la tramontane daigne enfin se taire, les bocaux s'entrechoquaient, les piles de linge glissaient. Et, même dans les placards fermés, les cintres claquaient. Ça faisait un raffut de tous les diables. Pour peu que sa mère reçoive un de ses nombreux amants, Salva passait la nuit sans fermer l'œil, à se cacher sous les draps, à se boucher les oreilles pour ne rien entendre, les gémissements, les soupirs, le vent, les cris. Ils lui faisaient tous peur, ces hommes : des tatoués à moto, des chevelus à T-shirts noirs où des dragons crachaient des flammes, des espèces de pirates qui sentaient la mer. Une fois, l'un de ces types avait fait venir le petit Salva dans leur lit. *Regarde comme elle est belle, ta mère*, il avait dit à l'oreille de Salvador. Il puait de la bouche, une odeur forte et insupportable. Salvador avait fermé les yeux et serré ses paupières pour ne pas voir sa mère nue endormie sur le lit. Ça ne servait à rien de se rappeler ce qui s'était passé. Et qu'au matin, souvent, des billets de banque traînaient sur la table de nuit. Parfois, le vent les poussait, ils finissaient par glisser sur le plancher, et Salvador enfant les regardait tourbillonner comme de vieilles feuilles mortes, en attendant que sa mère se réveille. Il ratait souvent l'école ces matins-là. Car elle tenait à l'accompagner. Elle ne voulait pas qu'il y aille tout seul. Pourtant, il aurait pu se rendre à pied au centre scolaire, mais elle n'aurait pas supporté qu'il sorte dans la rue sans elle. Alors, il attendait.

Mieux valait se soumettre que de prendre une dérouillée. Sur le chemin de l'école, elle lui serrait toujours trop la main. Et la gorge aussi. Elle lui faisait un nœud serré avec son écharpe de laine. Mais à quoi bon et pour quoi faire, remuer les moments désagréables ?

LUNE, MOUSTACHE, JAMBON-BEURRE

La façade de l'hôtel La Côte rêvée qui devait dater des années vingt ou trente du vingtième siècle venait d'être rénovée, et sa blancheur la rendait jumelle de la lune.

Salvador avança sur le seuil. Ça sentait encore la peinture fraîche.

Derrière le bar, son torchon sur l'épaule, le patron bavardait avec un type âgé, en robe de chambre et charentaises, dont la silhouette incongrue semblait avoir été scotchée par erreur ou pour rire sur une photo de vacances.

— C'est ouvert ? Salva a demandé, hésitant un instant.

— Ça dépend, a dit le patron, c'est pour quoi ?

Il avait l'air tellement à sa place, comme encastré derrière son bar. Il portait un tablier blanc par-dessus un jean et un T-shirt noir. Son crâne était entièrement rasé, et ses moustaches en guidon de vélo, tournées vers le bas, d'une dimension disproportionnée, lui donnaient un air étonné et penaud.

— Une chambre pour la nuit et de quoi me restaurer.

— Vous êtes combien ?

On n'aurait même pas pu être deux, car, si Fernando n'avait pas eu la mauvaise idée de mourir, je n'aurais pas mis les pieds dans cet endroit. D'ailleurs, pourquoi il était mort, comme ça ? Crise cardiaque ? Son cœur avait lâché ? Le gamin et son père étaient restés auprès de lui en attendant les secours, c'était rassurant. Pauvre Fernando, pensa Salvador, ému.

Le patron a grommelé que c'était d'accord pour la chambre. Pour le dîner, à cette heure-ci, la cuisine était fermée, il n'avait qu'un sandwich à proposer et du vin. Jambon-beurre ? Ça vous va ? Bien sûr, a dit Salvador, il n'y a pas de problème, cela me convient.

ESCARPINS ROUGES, GRATTE-CIEL, FRONTIÈRE

Toute la nuit, Salvador l'a passée allongé sur le dos, ses deux mains bien à plat sur le dessus du drap blanc. Il fit des rêves où il se revit à vingt ans. À cette époque, juste après le lycée, Salvador, que sa mère avait privé d'études supérieures, s'était replié sur lui-même. Ses pensées étaient tournées vers un seul projet, un seul but : quitter Colera. Il passait son temps à échafauder des plans qu'il ne mettait jamais en œuvre. Il dormait trop et rêvait sa vie plutôt qu'il la vivait. Les journées de repos, il les passait dans son lit, toujours le même lit d'une place, coincé entre les quatre murs de sa chambre minuscule, pas plus grande qu'un placard et envahie par les chaussures de sa mère. Quand il rentrait du travail sur les chantiers navals, sa mère jetait sur la table les assiettes et les couverts, les restes sans saveur qu'elle ramenait de son restaurant, et lui, il mangeait à peine, bâillait à s'en décrocher les mâchoires. Il somnolait à table, assis à côté de sa mère. Elle, elle bavassait face à la télé toujours allumée qui glapissait des informations, des jeux télévisés qu'il ne regardait pas, des films dont il n'avait même pas le temps de lire le titre tant il se couchait tôt, parfois avant que la nuit tombe. Sa mère lui reprochait les heures passées à dormir, mais il ne l'entendait plus, enfoncé dans la jarre de ses désirs irréalisables.

Et puis, tout avait changé.

Un soir où comme d'habitude Salvador était assis à table à côté de sa mère, le fil ininterrompu de ses rêveries se trouva brisé net.

Elle était silencieuse. Pas un mot. Salvador leva la tête de son assiette et se trouva face aux images les plus invraisemblables qu'il lui ait été donné de voir. Sa fourchette glissa de ses doigts et tomba avec un bruit mat sur le carrelage en ciment. Il ne la ramassa pas. Les yeux écarquillés, il vit un avion transpercer des gratte-ciel. On distinguait dans les airs une explosion et des silhouettes qui sautaient des fenêtres. Des gens criaient. Tout brûlait. Au sol, on voyait des hommes en costume et des femmes en tailleurs qui couraient, qui fuyaient, poursuivis par une épaisse fumée noire.

Salvador regarda sa mère. Elle aussi voyait les images sans comprendre. Elle tourna la tête vers son fils. Leurs regards se croisèrent. C'était peut-être la première fois qu'ils se voyaient.

La fille Hollier s'était rendu compte trop tard de sa grossesse pour pouvoir avorter. Ses parents, des gens de Cerbère, avaient proposé de s'occuper du bébé. Eux, ils en voulaient de ce petit garçon. Il ne remplacerait pas celui qu'ils avaient perdu avant la naissance de leur fille, mais ils étaient prêts à tout pour qu'il devienne un bon et solide gaillard, un pêcheur peut-être, un plongeur, un homme de la mer, comme le grand-père l'avait été lui-même dans sa jeunesse. C'est d'ailleurs son grand-père qui avait choisi le prénom Salvador. Dans un souci de bien faire, il voulait quelque chose de noble et de positif pour renverser le destin de l'enfant qui déboulait dans la vie sans avoir été désiré ni par sa mère ni par son père, qu'ils n'allaient d'ailleurs jamais rencontrer.

Mais une fois Salvador né, la jeune mère préféra traverser la frontière, à quelques mois de sa majorité, soi-disant pour se rapprocher du père, un homme marié qu'elle ne voulait pas présenter à ses parents. Dépassés par les événements, ils laissèrent partir leur fille avec l'espoir qu'elle leur reviendrait un jour. Ils attendent sans doute encore, s'ils ne sont pas morts et enterrés.

Ce soir-là du mois de septembre, au tout début du nouveau siècle, Salvador et sa mère, assis à table face à la télévision avec les gens qui tombaient des tours et les tours qui tombaient sur les gens, échangèrent leur premier regard, long et profond. Celui-là même qui avait manqué à la naissance et qui s'était fait attendre toute l'enfance durant : pour la première fois, la mère reconnut son enfant. Elle posa ses deux mains sur son ventre et acquiesça lentement, avec des mouvements de la tête doux et lents, ses yeux marron où brillaient des pépites d'or accrochés à ceux de Salvador qui lui, dans un mouvement inverse, se détachait de cette femme qui lui parut lointaine et inconnue. Il se leva d'un bond, glissa jusqu'à sa chambre dans ses chaussettes, monté sur un skateboard imaginaire, et claqua la porte si fort que les murs en tremblèrent et que plusieurs paires d'escarpins tombèrent des étagères.

La mère resta seule, sans bouger, face à la télévision, les mains posées à plat sur la table. Elle avait des doigts longs et minces et des ongles bombés qu'elle vernissait du même rouge que ses orteils. Elle faisait elle-même sa manucure et sa pédicure une à deux fois par semaine. Salvador détournait les yeux quand elle posait sur la table ses grands pieds avec l'écarteur en éponge rose saumon entre les doigts. Quand elle s'installait avec tout son attirail, ciseaux, coton-tige, dissolvant, vernis, il allait dormir dans son lit ou préférait sortir et supporter les assauts de la tramontane plutôt que de la voir en train de se peindre les ongles.

Ce soir-là, la mère ne saisit pas ce qui était en train de se passer, pas plus dans cette Amérique lointaine que dans la tête de son fils. Elle soupira, haussa les épaules, éteint les images qui passaient en boucle et sortit pour sa promenade quotidienne sur la plage des Morts, dans les rafales du vent.

Salvador ne ferma pas l'œil pas de la nuit et, le lendemain, le vent soufflait raisonnablement, il monta dans le petit bateau à moteur de sa mère et se rendit à Portbou. Cette fois, il avait un plan, solide, concret, réalisable.

Il avait rassemblé la somme qu'il était parvenu à économiser sur les bribes qu'elle lui laissait. Il avait caché les billets au fond de l'une de ses chaussettes, dans la boîte de carton où il les rangeait. Ce n'était pas énorme, à peine trois mille cinq cents, mais il s'était dit que cet argent lui permettrait un jour de prendre son envol.

BAR, VIN DOUX, DÉPART

Parmi les habitués du bar que Salvador fréquentait sur le port, tout près des chantiers navals, un endroit simple et bon marché où de temps en temps après le travail il prenait une bière avec parfois un plat de frites, il y avait un homme avec qui il avait sympathisé. Un manchot. Il ne lui restait que le bras droit. Le gauche avait été sectionné au niveau de l'épaule. Même s'il n'avait jamais pris la mer, tout le monde l'appelait Trois-mâts, parce qu'il avait une tête de marin et seulement trois membres. Il travaillait depuis des années dans une boîte espagnole. Il faisait le ménage extérieur, un peu de jardinage, les menues réparations.

Salvador venait d'avoir vingt-trois ans à cette époque, et le manchot qui avait la cinquantaine bien sonnée semblait s'être pris d'affection pour lui. Les deux s'entendaient bien. Suffisamment pour boire des coups ensemble, faire une partie de cartes ou même un billard, jeu pour lequel Trois-mâts avait des aptitudes que personne n'aurait pu soupçonner.

Ce matin-là, Salvador entra dans le café d'une démarche assurée. Il regarda autour de lui, les tables étaient en partie occupées par des ouvriers du port et des vieux à la retraite qui sirotaient leur verre en discutant de ce qui s'était passé la veille. Il y avait une ambiance recueillie et épaisse.

Celui que Salvador était venu retrouver n'était pas encore là.

Il s'assit, commanda un café pour n'avoir à dépenser que le minimum et patienta.

Il passa un moment à lire les nouvelles dans le journal que quelqu'un avait laissé sur la chaise près de lui. Ça parlait des tours et des avions qui les avaient transpercées.

L'article l'intéressait, mais Trois-mâts venait d'entrer dans le bar avec sa démarche balancée, la manche droite de sa chemise grise retenue sur le dessus de l'épaule par une épingle de sûreté.

Salvador s'était assis bien en face de la porte pour être certain d'être vu. Il releva la tête, referma le journal dans un frou-frou de papier, le déposa sur la table vide derrière lui. Trois-mâts le salua de son seul bras et vint le rejoindre en slalomant entre les tables. Avant même qu'il soit installé, le serveur lui apporta un verre de banyuls. Parlant peu, grognant plutôt, il donna un coup de menton en guise de remerciements.

Salvador et le manchot restèrent à regarder devant eux, la route, la place et plus loin la mer. Puis, Salvador demanda :

— Tu la vends toujours, la voiture ?

— Ouais, dit le manchot qui possédait si peu de mots qu'il préférait les économiser.

Son visage maigre buriné par le soleil, et ses pupilles d'un bleu perçant disparaissaient à demi dans les rides et le tombant des paupières. Il sentait l'ail et la sueur.

Salvador ouvrit son portefeuille joufflu de billets.

J'ai l'argent. En liquide.

Il lui avait fallu des années pour en arriver là.

— Je te la prends à deux mille cinq cents. Cash. Et on n'en parle plus.

Trois-mâts but son verre d'un trait. Ses yeux ronds regardaient devant lui sans expression particulière. Salvador attendait, le cœur lui battait jusqu'à la gorge.

— Viens, Trois-mâts finit par conclure en reposant le banyuls vide sur la table, avec un mouvement de tête vers l'extérieur du café.

Il se leva, laissa l'appoint dans la soucoupe et, sans se retourner, mena Salvador loin à travers les rues de Portbou.

RUGIR, BÂTIR, SALUER

Salvador fit rugir le moteur de la Bagheera avec la ferme intention de bâtir sa vie, de la fabriquer de ses propres mains ainsi qu'il l'entendait.

Il dévala des rues pentues, soulevé par un sentiment de liberté qu'il n'avait jamais connu. Sans regret, il quittait Colera et Portbou, certain de ne jamais plus remettre les pieds dans ce pays de tramontane et de mère folle. Il riait seul, le sourire collé au visage. Il prit la route de la corniche, hurla de joie devant la beauté du paysage, les falaises noires sur le bleu de la mer à perte de vue. Il conduisit tout droit vers l'est, sans s'arrêter, remontant les contours de la Méditerranée. Des heures entières qui lui semblèrent durer le temps d'un claquement de doigts.

Et juste après un long tunnel creusé dans la montagne, Marseille lui apparut, étendue le long de la mer comme une baigneuse alanguie, souriante et prometteuse. Il lui jeta un clin d'œil qu'elle lui rendit avec un scintillement appuyé, et Salva, certain de se trouver désormais sur la bonne voie, poursuivit sa route plus loin, tout droit en avant.

VILLES, PORTE, RIRES

Salvador travailla plusieurs années dans les chantiers navals de La Seyne-sur-Mer. Il ne fut pas strictement honnête, quelques petits trafics lui permirent d'arrondir ses fins de mois, puis, par le hasard des rencontres, il devint grutier. Il déménagea encore, vécut dans les villes de la côte, Port-de-Bouc, Les Saintes-Maries, La Grande-Motte où il fit la connaissance d'Estelle à la médecine du travail.

Il s'était rendu à son rendez-vous annuel et s'apprêtait à repartir lorsque, au fond du couloir, la poignée de la porte résista. Il insista, elle résista encore. Il donna un grand coup pour l'abaisser en même temps que, de toutes ses forces, il repoussa le battant. La porte s'ouvrit, mais il y avait quelqu'un coincé derrière contre le mur. Une femme blonde, les deux mains sur le visage, se tenait devant lui, pliée en deux par la douleur. Salvador se confondit en excuses, souffrit pour elle, qui les yeux pleins de larmes essayait de garder contenance. Il voulait qu'elle aille consulter tout de suite, on sait jamais, et si c'était cassé ? Non, non, je vous assure, ce n'est pas si grave.

Pour se faire pardonner, il lui offrit un café, mais dehors, dans un bar face à la mer. Vous voulez bien ?

On pourrait résumer leur histoire en très peu de mots : ils se sont vus, ils se sont souri, ils se sont parlé et se sont aimés.

TÉLÉPHONE, SOURCILS, BOUCHE

— Allô ? Monsieur José Ribero ?

— Lui-même.

— C'est l'hôpital Lapeyronie. Vous avez accompagné M. Salvador Hollier chez nous, hier, c'est bien ça ?

— Oui, c'est ça. Y a un problème ?

— C'est-à-dire que… nous essayons de joindre son épouse, mais ça ne répond pas.

— D'accord. Mais pourquoi ? Il va bien ? Qu'est-ce qui se passe ?

— Nous… nous sommes désolés, mais M. Hollier a quitté sa chambre en début d'après-midi alors qu'il était supposé rester avec nous quelques jours encore…

— C'est pas vrai !

— Vous comprenez, les examens ne sont pas terminés, et nous voudrions savoir s'il est rentré chez lui. Mais comme personne ne répond à son numéro et que vous semblez être son seul contact en dehors de son épouse… Elle non plus ne répond pas.

— O.-K., O.-K., pas de problème. Je vais voir à leur appart et je vous rappelle. Vous êtes ?

— Appelez l'accueil dès que vous avez de ses nouvelles, tout le monde ici est au courant.

VOITURE, IMMEUBLE, NUIT

J'ai pris la bagnole et je suis allé direct chez eux. Je savais où ils créchaient. On se fréquentait pas mal en dehors du boulot. Je suis célibataire, alors ils m'invitaient, pour les barbeuks, les apéros. Seul ou avec d'autres gars des chantiers. Ça faisait toujours un drôle de mélange quand ils invitaient du monde : elle et les psys, des femmes en fait surtout, ses copines, et nous, les gars du bâtiment. Mais ça finissait par matcher, avec un peu d'alcool et beaucoup de bonne humeur, la musique forte aussi. On rigolait bien chez eux.

Un couple uni. Et gai. Joyeux. Ça me faisait rêver. J'aurais bien aimé en choper une moi aussi de petites bonnes femmes psys, toujours délicates, raffinées, mais jamais autant qu'Estelle. Salva, je sais pas s'il mesurait sa chance.

Enfin, je dis tout ça maintenant, mais, dans la bagnole, j'étais concentré sur le fait d'arriver le plus vite possible. J'avais pas d'autres pensées que celle-là.

Je suis un sanguin, moi, un vrai Méditerranéen, une boule de nerfs, toujours à capter les trucs autour, je sentais arriver l'ouragan, je le savais que quelque chose de dingue était en train de se passer.

J'ai garé la voiture en bas, sur la route, et j'ai monté les escaliers de leurs immeubles quatre à quatre. J'avais le code pour entrer dans la résidence, Estelle me le donnait chaque soir de fête, et à force je l'avais mémorisé, le syndic ne le leur changeait jamais.

Je me suis retrouvé face à leur porte comme si mes Nike avaient eu des ailes. J'avais dû voler jusqu'à chez eux. J'ai cogné, plusieurs fois, j'ai appelé, de toutes mes forces, j'ai collé l'oreille à la porte, j'ai entendu la voix d'Estelle, une drôle de voix : entre, elle disait, entre vite, c'est ouvert, dépêche-toi.

Je l'ai vue au bout du couloir, elle était à quatre pattes par terre, et son corps ondulait. J'ai pas compris tout de suite. Je suis célibataire, j'ai jamais vécu avec aucune femme, même pas avec ma mère qui s'est tirée avec son amant quand j'avais trois ans, on a jamais su où et c'est mon père qui nous a élevés, mon frère et moi. Alors t'imagines la panique, quand je me suis approché et qu'enfin j'ai pigé que le môme était en route. Qu'il était là en fait.

Estelle m'a regardé, ses yeux étaient pleins de larmes, ses beaux yeux bleu marine, et j'ai juste eu le temps de tendre les mains, va savoir d'où ça te vient ce genre de réflexe, je suis tombé à genoux près d'elle, mains ouvertes, et la tête du bébé est arrivée, puis tout a suivi, les bras minuscules et gluants, le corps comme celui d'un lapin sans peau, et puis les jambes. Estelle s'est effondrée sur le côté. Le cordon, je savais même pas que ça avait cet aspect-là, caoutchouteux, presque élastique, reliait encore l'enfant à sa mère. Je sais plus du tout ce que j'ai dit, si j'ai dit quelque chose en fait, j'étais juste là, les yeux dans les yeux mi-clos du bébé qui s'est mis à hurler, et avec Estelle on a pleuré direct, et ri aussi, un rire de vie, pourtant elle avait l'air tellement épuisée, et moi je devais faire une de ces têtes d'ahuri, c'est ça qui nous a fait rire aussi, ma tête et mes mains ouvertes, avec toute la vie dedans.

MATELAS, MOUSSE, PARFUM

Qu'est-ce qu'on dort bien face à la mer, s'est dit Salvador en s'étirant dans les draps en coton de percale gris perle de l'hôtel La Côte rêvée. Le vent ne s'était toujours pas calmé. Salva l'entendait rugir derrière les persiennes en bois qui auraient mérité d'être remplacées par de l'aluminium moderne et étanche.

En ouvrant le paquet en papier offert par l'hôtel et qui contenait un peigne en plastique bleu foncé, trois cotons-tiges, un coton à démaquiller, une brosse à dents et un minitube de dentifrice, il réalisa que sa mère ne l'appelait plus depuis hier, l'accident. Il se demanda si elle était fâchée qu'il ait pris du retard, qu'il se soit arrêté dans cet hôtel pour la nuit. Elle allait peut-être vouloir le punir comme avant, quand il était petit et qu'elle le laissait des heures tout seul, enfermé dans le placard de la cuisine, sous l'évier, un endroit si exigu qu'il devait se tenir plié en deux, les genoux collés au menton.

Salvador rit de lui-même et déboucha le dentifrice. Bien sûr qu'elle ne ferait pas ça aujourd'hui. Il s'enfourna la brosse dans la bouche et frotta ses dents avec énergie.

Quand il avait *purgé sa peine*, comme elle disait, et qu'elle le laissait sortir enfin, elle l'accueillait avec le sourire, les bras ouverts. Tout étourdi, il se laissait faire. Elle le cajolait, elle lui disait combien elle était fière de lui, combien elle l'aimait. Ces moments si tendres contrastaient avec la sévérité des punitions, le placard, les gifles pour un oui, pour un non, les fessées, les insultes et les brimades.

Il s'approcha du miroir, coiffa ses cheveux noirs. Il voulait profiter des dernières boucles qui lui restaient, et les gardait longues sur le cou.

Le lavabo contre le haut des cuisses, il jeta un coup d'œil désolé sur son crâne brillant : bientôt il devrait tout raser. Sauf ses pattes ou rouflaquettes qui encadraient son visage de deux marques noires, le faisant paraître moins rond.

Il remarqua que son front large était griffé de trois rides profondes. Il tenta de les lisser du plat de ses deux mains. Il avait vieilli si vite. Quarante et un ans, bientôt quarante-deux. Et il en paraissait dix de plus. Pour la première fois, il se regarda en cherchant sous ses traits le visage d'un autre.

Il mit de côté tout ce qu'il avait hérité de sa mère : les cheveux noirs, les yeux marron, la peau mate. Pour le reste, les grains de beauté sur les joues, le profil grec, il tenta de se souvenir des hommes qu'il avait connus enfant. Est-ce que je porte le visage de mon père, en surimpression ?

Il fit la liste des amants de sa mère, mais il y en avait trop, il ne se souvenait pas de tous les prénoms. Josep était celui qu'il se rappelait le mieux.

Il se ressaisit, cette nostalgie à deux balles, ça ne lui ressemblait pas. Il se pinça les joues. Il faudrait qu'il pense à s'acheter des rasoirs. Par chance, sa barbe poussait lentement.

Il se recula pour se voir en entier – sauf ses gros pieds qui lui faisaient horreur. Il inspecta le reste qu'il savait très moyen : des jambes trop fines, un ventre devenu trop rond, un sexe des plus ordinaires, du gras et des poils. D'un mouvement brusque, il tourna le dos au miroir, se sécha, laissa traîner le drap de bain sur le bord du lavabo et revint dans la chambre inondée de lumière.

La mer était si proche, juste de l'autre côté de la route, qu'elle semblait faire partie de la chambre, avec pour plage le grand lit et ses draps blancs.

Pendant qu'il s'habillait avec les mêmes vêtements que la veille, il vérifia qu'il avait retiré assez d'argent. Estelle avait préféré qu'ils aient un compte commun. Si José arrêtait de lui verser son salaire, il pourrait toujours piocher dans les économies. Et puis en rentrant, il remettrait tout en ordre. Et si José le virait, ce ne serait pas difficile de trouver un nouveau job, quitte à redevenir intérimaire.

Libéré des questions matérielles, il enfila une chaussette, puis l'autre, celle du pied gauche, sans regarder. À droite, il agita ses orteils : nickel. À gauche, le trou ne s'était pas agrandi, on aurait même dit qu'il avait disparu. C'est plausible, ça ? se demanda Salvador au milieu d'autres pensées qui prirent le pas sur la question.

Il pourrait rentrer dans une huitaine, une quinzaine au plus tard. Il avait tout son temps avant la naissance de sa fille. Estelle serait soulagée de pas l'avoir dans les pattes au cours des semaines qui venaient. Il sentait bien qu'il l'énervait à attendre la fin de la grossesse en jouant aux jeux et en travaillant comme un malade. Mais c'était sa façon d'attendre. Qu'aurait-il pu faire d'autre ? Il regarda la mer, l'écouta qui grondait contre le vent marin puissant ce matin-là.

Il avait faim et envie d'une tasse de café noir.

Quand le vent soufflait fort, il se sentait toujours en pleine forme.

CROISSANT, CAFÉ, VENT

En bas, esclave de la vaisselle éternelle, le patron essuyait encore ses verres. Il sourit à Salvador et lui souhaita le bonjour. Ses moustaches frémissaient. Salvador lui rendit son salut d'un coup de menton. Le prix du petit déjeuner était inclus dans la somme qu'il avait réglée pour la chambre, la veille au soir.

Après onze heures, normalement, on ne sert plus, a fait remarquer le patron. Sa bouche paraissait toute petite et perdue dans les poils de son immense moustache. Il indiqua la salle à manger, face à la plage, mais puisqu'il n'y a personne en cette saison, il a ajouté, on fera une exception.

Je peux m'asseoir dehors sur la terrasse ?

Mettez-vous sous la bâche, a répondu le patron, vous serez abrité du vent. Ça souffle fort.

Salva s'installa. Il regardait la mer, grise et déchaînée sous les rafales. Elle paraissait sourire. Le paysage est un état d'esprit se dit Salvador, s'étonnant lui-même d'avoir ce genre de pensée. Peut-être avait-il déjà lu la phrase quelque part ?

Dans la grue, il avait pris l'habitude d'écouter des livres audio. C'est Estelle qui lui avait fait connaître l'appli. Il choisissait au hasard, souvent à partir de la photo sur la jaquette, des titres aussi. Ça lui permettait de passer le temps, quand les chantiers débutaient et qu'il n'y avait pas grand-chose à faire. Il lui arrivait de retenir des phrases, des mots de ces romans, et des livres de développement personnel aussi, pour lesquels il avait moins de goût que pour les histoires, mais Estelle était contente qu'il s'y intéresse aussi.

Quand le chantier était vraiment calme, il regardait des films sur l'écran de son téléphone. *Mulholland Drive* l'avait marqué, parce qu'il s'était laissé prendre par cette histoire impossible à comprendre. Il se disait qu'il devrait le revoir un jour avec Estelle ; elle saurait lui expliquer. Il n'aimait pas trop les films d'amour ou ceux qui étaient basés sur les bons sentiments, mais *Les Intouchables* et *Samba* lui avaient beaucoup plu. Là aussi, il se laissait guider par les affiches, quelquefois le nom d'un acteur qu'il aimait bien comme Denzel Washington ou Sergi López.

Salvador eut un pincement au cœur en repensant à sa grue. José risquait de le virer quand il déciderait de rentrer. Abandon de poste et zou, dehors.

Tant pis, se dit Salvador encore, yeux mi-clos, poings serrés, il faut que je retourne voir ma mère. La serveuse s'approcha.

BLEU, LIQUIDE, DIAMANT

C'est la jeunesse de la fille qui m'a sauté aux yeux, puis ses cheveux noirs, courts et bien taillés, sa peau mate et lisse. J'ai cherché à évaluer son âge, vingt ans, vingt-deux ans peut-être, au maximum. Elle ressemblait un peu à Estelle, mais en brune, même type de femmes racées.

Elle s'est plantée devant moi sur ses longues jambes, les pieds bien calés dans des baskets noires à talons compensés, la poitrine en avant, deux petits seins piquants, et ses yeux étaient clairs, si clairs que j'ai cru plonger dans la mer, quand elle les a levés vers moi. J'ai failli le lui dire, comme ça, comme un dragueur des plages, que ces yeux, j'aimerais m'y baigner tout entier, mais heureusement, mon attention a été emportée par le balancier des grandes créoles qu'elle avait aux oreilles et que le vent agitait. Deux petits perchoirs pour chaque ventricule de mon cœur, j'ai voulu dire à la fille, mais tous ces mots et ces images sont restés imprononçables, c'était aussi bien comme ça.

Elle a pris la commande sur un petit calepin orange avec des gestes lents de sirène. Ses doigts fins serraient le Bic. Elle s'appliquait pour tout écrire et ses ongles longs, durs et colorés griffaient et cognaient la page du carnet à petits coups. Ça m'a fait de l'effet, ce geste.

Elle a levé vers moi ses beaux yeux bleus, transparents, pas maquillés. Elle m'a souri.

Et elle est repartie vers la salle du restaurant d'une démarche dansante sur ses baskets noires.

PIN PARASOL, SABLE, ROUTE

Salva sursauta, la serveuse était déjà revenue. Où était passé le temps de l'attendre ? Elle posa tout sur la table, le pot de café en inox, les viennoiseries et deux morceaux de baguette dressés tout droit comme deux doigts criant victoire dans la panière en osier, une soucoupe avec trois plaquettes de dix grammes de beurre et une tasse blanche en porcelaine où le nom de l'hôtel était imprimé en lettres anglaises.

Salvador admirant les ongles de la jeune femme peints en noir, argent et doré, désigna les mains sophistiquées : c'est vous, Wonder Woman ? Elle sourit en serrant les lèvres, ses yeux brillaient, turquoise contre la mer grise de cette fin d'hiver.

Salva baissa les yeux. Il s'était déchaussé comme dans sa cabine. Ses chaussures abandonnées gisaient sur le sol en gravier, et il avait étiré ses jambes du côté de la table.

Le trou de sa chaussette gauche s'était terriblement agrandi, et l'orteil maintenant dépassait, grotesque et indécent. La serveuse les vit, elle aussi, l'horrible trou dans la vilaine laine grise et l'orteil rose obscène.

Elle rougit, Salvador pâlit.

Il replia ses jambes sous la table. J'ai oublié la confiture, elle dit. Je reviens.

Salva eut envie de pleurer. Comme un môme, comme Ulysse, le fils d'Estelle qui habitait chez eux une semaine sur deux, qui chialait toujours pour un oui pour un non. Une vraie mauviette, ce gosse, pensa Salvador essayant de se reprendre.

Le fils de sa femme arrivait le vendredi en traînant sa valise à roulettes, accablé par le poids de son sac à dos plein de cahiers et de livres de classe.

D'un coup, il se rappela le pin tombé sur la voiture. Il y avait la même histoire dans un bouquin qu'Estelle avait acheté pour Ulysse. Elle la lui avait lue à haute voix. Un ado dans une voiture. La route des vacances. L'arbre qui tombe. La famille sauvée in extremis. *Est-ce qu'il en tombe souvent des arbres sur la route ?*

La serveuse aux ongles étincelants posa les confitures sur la table, une rouge et une orange :

— Dites, il en tombe souvent des arbres sur les routes par ici ? lui demanda Salvador.

— Je n'en sais rien moi, elle balança en haussant les épaules.

Il reçut son regard. Tout ce bleu, ça lui fit mal, ça lui coupa le souffle.

Le plateau vide dans une main, elle tourna les talons, une grande fille mince sur des escarpins trop hauts. Elle ne portait pas des baskets ? se demanda Salva perplexe. Tout changeait si vite autour de lui. La mer et le ciel, bleus tout à l'heure, avaient pris une teinte anthracite, presque noire. Il étira ses pieds et les trouva chaussés. Il haussa les épaules. Rien ne tient, il murmura, et ce n'est pas plus mal.

Il badigeonna une tranche de pain avec de la confiture rouge vif en surveillant la mer qui, de plus en plus déchaînée, semblait furieuse contre le vent. Ici, commence le pays des tempêtes, les arbres poussent à la verticale tellement ça souffle, et parfois ils tombent, pensait-il, portant à ses lèvres la tasse de café. Mais, dans son autre main, la tartine lui échappa, glissa et se mit à voler. Il suivit du regard le lac écarlate en lévitation, se racla la gorge, le pain retomba à plat sur sa main ouverte, et, le quittant à peine des yeux, il but une gorgée de liquide chaud.

Lorsqu'il osa croquer enfin dans le morceau de baguette à la confiture de fraises, Salvador vit de loin trois gendarmes en uniforme qui entraient dans le bar. Il se recroquevilla sur sa chaise.

Ils le cherchaient ?

Les trois hommes discutèrent un moment avec le patron, puis ils ressortirent et disparurent à l'angle de l'hôtel-restaurant.

Salvador but son café à petites gorgées, les oreilles engourdies par le vent du nord qui rugissait et giflait la véranda en plastique. Il croqua dans sa tartine sans pouvoir la terminer. Le croissant ne lui faisait pas envie. Il allait remonter dans sa chambre quand la serveuse réapparut.

SAPHIR, SABLE, MER

Elle s'est assise à la table de Salvador, face à lui. Elle a posé une bouteille de Coca sur la table avec l'air de se foutre de tout. Elle le fixait de ses yeux incroyables, si bleus qu'on aurait dit deux gouffres d'eau claire.

Salvador regarda ses mains se frotter l'une contre l'autre.

Frigorifiée dans sa veste en jean avec deux poches poitrine incrustées de faux brillants, qu'elle serrait contre elle sans parvenir à se réchauffer, elle a tourné la tête vers la mer, de côté. Son profil s'est détaché contre le bleu-gris du ciel et de la mer. Salvador a relevé les yeux. Il s'est dit, à s'en faire des crampes au fond du ventre, qu'avant de revoir sa mère il avait une vie devant lui.

La fille est revenue vers lui. Elle le fixait de nouveau sans rien dire, la tête un peu de côté. Salvador regardait ses lèvres, comme un fruit, entre la fraise et la mandarine, un truc frais, si beau à voir et sans doute à laisser fondre en soi. S'il le fallait, il dirait tout à sa femme en rentrant, elle le punirait, et puis elle lui pardonnerait.

D'une voix grave et voilée, la fille lui a dit qu'elle s'appelait Léna.

— C'est joli, a dit Salvador.

— Ça va, elle a répondu.

À son tour, il lui a dit son prénom. Elle a éclaté de rire. Il l'a regardé d'un air interrogatif, elle a continué de rire, sans qu'il comprenne pourquoi. Il n'avait pas envie de demander des explications. Il voulait seulement la regarder rire.

C'est à ce moment-là que Salvador s'est rendu compte que la fille était édentée. Sa bouche était toute noire.

— C'est une maladie. Un truc rare. On s'habitue, tu verras, elle a cru devoir expliquer, redevenue sérieuse, percevant le mouvement de recul de Salva.

Il ne savait plus quoi dire. La serveuse buvait son Coca à la paille, le regard vers le sable ocre et la mer bleu sombre. Nonchalante, elle lui a demandé :

— Tu viens te balader ?

TROU, BOUCHE, ESCARPIN

La bouche noire ? Je m'en foutais, je la trouvais belle, la serveuse. Belle à mourir.

Ses yeux brillaient comme les saphirs purs que je lui offrirais dans une autre vie que la mienne : bouge pas, je lui ai dit.

J'ai voulu régler ce que je devais et le Coca qu'elle avait bu, mais elle m'a arrêté d'un geste. Laisse, elle m'a dit, alors je me suis levé et je l'ai suivie.

On a mis le pied sur la plage, et tout s'est éclairé. J'ai eu l'impression d'avoir passé ma vie à marcher à côté de Léna. Le vent a chassé les nuages, et le ciel est réapparu, bleu, limpide, la mer scintillait de nouveau.

Léna et moi, comme dans un vieux film français, on avançait pieds nus sur la plage, nos chaussures à la main, elle, de beaux escarpins bleus à paillettes – mais d'où ils sortaient tout à coup ? –, moi mes chaussures de chantier avec les chaussettes roulées à l'intérieur.

Je sentais bien que le trou me menaçait, mais j'ai enfoncé la chaussette tout au fond de ma chaussure. À chaque pas, je prenais soin d'enfouir mes pieds dans le sable pour que ni elle ni moi nous ne puissions les voir. Ça me donnait une démarche de pingouin ; aussi j'ai préféré stopper net face à la mer. Léna est venue tout contre moi. Je l'ai enlacée, j'ai embrassé sa bouche longue comme un tunnel, et ma mère a choisi ce moment pour me rappeler à l'ordre : *tu vas te dépêcher d'arriver, oui ? !* Ça faisait bien longtemps qu'elle ne disait rien.

J'ai lâché la bouche de Léna, ça a fait un bruit de ventouse. J'ai crié, je crois. Je voulais couvrir la voix de ma mère. Léna me mangeait de son regard plus bleu que l'eau, plus clair que le ciel. Elle riait. Elle croyait que je faisais le fou, que je jouais la comédie pour la séduire. J'ai bien vu dans ses yeux qu'elle me trouvait dingue, mais que ça lui plaisait. Ma mère s'est tue de nouveau. Cette fois, ça m'a fait du bien. J'ai embrassé la bouche noire de Léna et je ne l'ai pas regretté. Je me suis laissé couler dans la sensation englobante, *tant de douceur, Léna,* tant de douceur et tant de chaleur aussi. Lentement, descendant étage par étage, anneau par anneau tout au fond de ce baiser, j'ai eu l'impression de perdre pied.

PLAGE, MAIN, LOIN

Salvador marchait sur la plage, main dans la main avec Léna. Le monde venait de basculer. Il lui semblait que ses yeux voyaient plus grands, que ses épaules s'étaient élargies, son ventre aplati, ses abdominaux redessinés et sa démarche anoblie. Léna lui racontait des choses légères, et sa voix étourdissait Salva. La mer roulait ses galets comme dans une chanson parfaite, son souffle était régulier et dynamique.

Salvador prit Léna par la taille, la souleva, il voulait voir son sourire éclater dans le soleil. Sa bouche noire marqua dans la lumière vive le climax de sa vie. Pourquoi partir plus loin alors qu'ici promettait tant ?

À peine un instant plus tard, alors qu'ils marchaient de nouveau côte à côte sur le sable, comme si elle lisait dans les pensées de Salvador, Léna demanda : tu comptes rester quelques jours ici ?

— J'aimerais, oui. S'il y a de la place pour moi.

Léna sourit, lui lança un regard espiègle. Salvador se sentit fondre. Il rit avec elle. On verra alors, elle dit en dansant devant lui. Il courut après elle, l'embrassa encore. Il la serra contre lui, elle était petite, et sa peau était douce. *Je m'abîme, je succombe, je me dissous, je coule et je file, vivre trois jours avec Léna, trois jours et puis je m'en irai.*

MER, HÔTEL, DEUX PAR DEUX

Sur la plage, ils ne virent ni le joggeur à la mine sévère, ni les couples nombreux avançant à l'amble, ni les enfants sous les bobs en toile construisant leurs premiers châteaux de la saison, ni le chercheur de trésor marchant comme un aveugle avec son appareil à détecter les métaux qui sonnait à tort et à travers sans jamais rien trouver, ni la blonde assise en tailleur, le portable à l'oreille, ni Pierre qui lisait un manuscrit assis en tailleur sur le sable, ni Eli et Jade qui se chamaillaient à propos de petits riens, juste pour rire et se taquiner, ni la dame de la maison de la presse promenant son scottish-terrier blanc, un de ces petits chiens contents qui se dandinent du matin jusqu'au soir, un de ceux à qui on a envie de filer des coups de bottines, même si on aime les chiens, les animaux, l'humanité tout entière, ni René et Geneviève qui marchaient en se tenant la main tout en se souvenant des multiples fois où ils avaient arpenté la plage, ça faisait tout de même presque quarante ans qu'ils la fréquentaient, et tous, tous sans exception notèrent que la petite de l'hôtel s'était dégoté un nouvel amoureux. Y avait longtemps, ils dirent chacun à leur tour, ironiques et amusés. Et la nouvelle se propagea à toute vitesse. Quand Salvador suivit Léna jusqu'à chez elle, un studio à l'étage d'une maison face à la mer, tout le village sut qu'une page venait de se tourner. Il y avait un nouvel arrivant chez la fille de la Côte rêvée.

TROU, FIL, BOUCHE

Ce jour-là, la mer était calme et s'étendait jusqu'à l'horizon, d'un bleu gris à peine plus clair que le ciel. Léna s'était installée avec une tasse de café noir et sa boîte à couture sur la terrasse de son studio. Dans ses mains fines aux doigts longs et aux ongles bombés, elle tenait des ciseaux argentés en forme d'ailes d'ange ou d'oiseau.

Salvador dormait encore.

Depuis le premier baiser que Léna et Salvador avaient échangé sur la plage, trois jours s'étaient écoulés.

Le vent expirait autour d'elle de longues lampées d'air doux, presque chaud déjà, annonçant un été torride. Les tamaris vert pâle saluaient les lauriers roses et le jasmin dont les premières fleurs venaient d'éclore.

Léna avait choisi la bobine de fil adéquat. D'un geste précis, sec, impeccable, elle avait coupé le fil dont elle avait besoin. Elle avait rangé la bobine, prenant son temps en cette matinée douce.

Elle avait humecté la pointe du fil entre ses lèvres et, fronçant à peine les sourcils, elle avait enfilé d'un seul coup le minuscule bout de coton dans le chas de l'aiguille. Cet exercice délicat ne lui posait aucun problème. Elle s'était installée confortablement dans le fauteuil à bascule en bois clair qu'elle avait posé sur la terrasse, avec une table basse, trois poufs carrés en plastique gonflable et une guirlande d'ampoules colorées à rechargement solaire qui le soir donnait un air de fête à son studio.

Léna avait regardé la Méditerranée qui s'étendait face à elle. L'aiguille en suspens, elle avait hésité une seconde, comme si elle voulait coudre les nuages. Puis, elle s'était penchée vers le tissu gris qu'elle avait posé sur ses genoux. La pointe argentée allait et venait dans les fibres moelleuses. En deux souffles du vent, des traits réguliers fermèrent le trou, comme une bouche barrée d'un sparadrap. Apparurent des croix posées sur des croix, des silences sur des mots, une autre histoire fut tissée sur l'histoire.

Léna portait ce jour-là une robe à bretelles, longue jusqu'aux chevilles, du même bleu que la mer au point qu'elle sembla disparaître lorsque, la chaussette reprisée à la main, elle se leva pour rejoindre l'intérieur de la maison. Les pans de sa robe formèrent des vagues douces et vaporeuses comme l'auraient fait la traîne d'une déesse ou les voiles de Loïe Fuller. Les filaments du temps tissèrent une autre toile, le probable et le plausible rejouèrent aux dés, les équations mathématiques défilèrent avec un dénominateur commun nouveau, et tout se trouva réorganisé.

TÉLÉPHONE, AUBÉPINE, SOURCIL

C'est moi qu'ils ont appelé cette fois encore. J'étais au chantier quand mon portable a sonné. J'ai décroché tout de suite sans regarder le numéro. C'était une voix grave, une voix de femme qui m'a appris la nouvelle. Ils pensaient l'avoir retrouvé. Des ouvriers qui élaguaient une haie bordant le parking venaient de tomber sur un squelette enfoui dans l'épaisse végétation. Ça m'a fait un coup, mais d'une certaine façon, j'étais soulagé. On allait pouvoir arrêter de gamberger. Estelle allait commencer une nouvelle vie. Peut-être qu'elle finirait par se rendre compte que j'existais. Au téléphone, la voix m'a demandé si je savais comment contacter la famille de mon employé. J'ai expliqué que, à ma connaissance, il avait plus personne sauf sa femme. Vous avez pas essayé de la contacter ? j'ai ajouté. On ne nous a donné que votre numéro, m'a répondu la policière, surprise. Moi, j'étais pas étonné : depuis la disparition de son mari, Estelle comptait que sur moi. J'ai souri intérieurement, j'étais touchée qu'elle m'accorde sa confiance, comme ça, totalement. J'ai vu le bout du tunnel. Avec Estelle, oui, j'avais toutes mes chances.

J'ai pensé à la petite, à Garance, et tout un tas d'idées folles me sont venues. Si on se mettait ensemble, Estelle et moi, est-ce que j'allais pouvoir l'adopter ? Est-ce qu'elle m'appellerait *papa*, est-ce qu'on allait lui faire des frères et des sœurs ? J'en avais la tête qui tournait, mais je me suis repris. C'était la mort de Salvador qu'on était en train de m'annoncer. Je pouvais pas me laisser aller à être heureux comme ça.

Ils m'ont dit qu'ils m'attendaient, qu'il fallait que je les rejoigne dans la chambre funéraire de l'hôpital ; c'était à moi que revenait de reconnaître le corps. J'ai dit oui à tout, j'étais dépassé par les événements.

GRANDE ROUE, SANDWICH, TROU

Salvador ouvrit les yeux et, dans un cri rauque, expulsa l'air de ses poumons. Il se crut à la fête foraine avec Estelle. Pourtant elle n'aimait pas ça, les roues, les chenilles, les autos-tamponneuses, et ce n'était pas maintenant, avec son gros ventre, qu'il allait la convaincre de goûter aux attractions qu'il avait tant aimées quand il était jeune. Il replia le bras contre son cœur. Il avait mal au cœur. Une douleur quasi insupportable. Il souffla plusieurs fois jusqu'à ce que la douleur s'estompe.

Ça allait mieux. Il avait le talkie à la main.

Il n'arrivait pas à se souvenir de ce qui s'était passé. Il regarda la petite horloge carrée devant lui. Quatorze heures passées de deux minutes et cinquante-huit secondes.

Il se rappelait avoir froissé l'emballage papier de son sandwich et l'avoir jeté dans la poubelle. D'ailleurs, il put vérifier qu'il y était toujours là. Mais tout le reste ? Il ne savait plus. La montée à la grue aujourd'hui, la petite marche dans le quartier, depuis son appartement jusqu'au chantier, oubliées, passées à l'as. Est-ce qu'il s'était réveillé dans son lit ce matin ? Près d'Estelle ? Sans doute. Mais il n'arrivait pas à retrouver les détails. Il avait froid et chaud, mal à la tête et aux yeux, aux tempes aussi. Il regarda au-dessous de lui. Il lui restait un palier à descendre. Il souffla. Ça allait. Ça irait. Il était chamboulé. C'était normal et ça allait passer. Estelle le lui avait expliqué, la naissance dans un couple, ce n'est pas rien.

Soudain, il vit José et Yazid qui couraient vers lui. Il descendit le dernier palier en s'accrochant à la crinoline. En aucun cas, il ne voulait paraître faible ou diminué. Il posa le pied par terre, et aussitôt José s'élança vers lui. Il voulait l'accompagner aux urgences. N'importe quoi, répondit Salvador, aux urgences, et puis quoi ? Je suis pas malade, juste un peu surmené. Yazid en rajouta une couche : allez, Salva, déconne pas.

Il sentit ses genoux vaciller, et, dans ses chaussures, son pied gauche était trop à l'étroit. Une douleur lancinante lui tordait le ventre alors il acquiesça : c'est bon, on y va.

Ils ont pris la Toyo de José. C'est une voiture comme celle-ci qu'Estelle voudrait. D'accord, murmura Salvador pour lui-même, d'accord.

Ils se sont garés sur le parking bondé de l'hôpital. Yazid les a seulement accompagnés jusqu'à l'entrée. José faisait de son mieux pour égayer la situation : toi aussi, tu vas savoir ce que c'est de devoir rentrer pour t'occuper de ton môme, il a voulu blaguer. Fini la liberté, mon gars, il a lourdement ajouté, jouant le tout pour le tout. Mais Salvador ne se déridait pas. Blanc comme un linge, il n'allait pas bien.

Ils ont dû rester assis dans la salle d'attente qui puait la mort. Salvador a remarqué trois jeunes qui se ressemblaient, tous avec des casques de cheveux noirs plaqués en arrière, et un couple aussi. La femme était très jeune avec une coupe courte et de grosses créoles dorées. Des yeux d'un bleu si pur qu'on pensait à la mer, les lacs, à tout ce qui était liquide. Un homme d'une soixantaine d'années est entré. Il était bien amoché. Son visage tuméfié laissait imaginer qu'il avait été projeté contre le pare-brise de sa voiture. Il a expliqué à voix haute, tout le monde pouvait l'entendre, qu'il roulait à pleine vitesse lorsqu'un énorme pin était tombé devant lui. Il avait tout juste eu le temps de freiner. Il faisait un de ses vents, et voilà, il n'arrêtait pas de répéter en écartant les bras de son corps en signe d'impuissance contre la nature plus forte que tout, plus forte que nous. Il a été immédiatement pris en charge par le personnel soignant, puis les autres sont passés. José avait insisté pour ne pas laisser le grutier seul. Ils ont dû attendre encore, une éternité. Et quand une infirmière est enfin venue le chercher, Salvador n'a pas vu son visage, seulement ses sabots de plastique blancs et sa croupe qui oscillait sous la blouse. Elle l'a conduit dans une sorte de tunnel étroit, un trou si profond qu'il eut peur de ne jamais en ressortir.

VERRE, CUILLÈRE, MOUSTACHE

Derrière le bar, Salvador essuyait les verres d'un geste sec et concentré. Il portait un T-shirt noir qui sentait la lessive à la lavande, et par-dessus son jean brut il avait noué un tablier blanc. Il avait belle allure, mince, les bras musclés, la taille fine et les épaules larges.

Tout était calme ce matin à l'hôtel-restaurant et il savait qu'il pouvait prendre son temps. Il ne se rappelait plus trop comment il s'était retrouvé à la place du gars qu'il avait vu en entrant, la nuit où il était arrivé à l'hôtel. D'ailleurs, il ne se souvenait pas non plus de ce qui l'avait amené jusque-là. Mais ce n'était pas vraiment important. Il était content d'avoir des verres à essuyer et ranger sur l'étagère, et cette activité lui paraissait plus noble qu'aucune autre.

Les premiers vacanciers n'étaient attendus que le lendemain, et Léna, qui désormais l'employait, n'arriverait pas avant cinq heures. Elle passait ses après-midi à Perpignan, chez le coiffeur et l'esthéticienne.

Il posa un verre ballon, en compta cinquante et un autres, bien alignés sur les étagères. Il avait pensé rester trois jours avec Léna, mais il ne maîtrisait plus la situation depuis un moment déjà. Il lui semblait qu'il avait passé une vie entière auprès d'elle. À la jeunesse de ses traits, il l'avait prise pour une employée, mais c'était bien elle qui dirigeait la Côte rêvée.

Salvador regarda devant lui, la route parallèle à la mer, la mer parallèle au ciel et le ciel comme une couverture moelleuse de nuages blancs. Les mouettes allaient et venaient, et sur la route quelques voitures les imitaient.

Salvador revint à ses verres, ses assiettes, toute la vaisselle qui lui restait à ranger. Il effectuait son travail en chantonnant une vieille chanson qui revenait en boucle dans sa mémoire : *Dans les yeux de ma mère / Il y a toujours une lumière*… Du coin de son torchon de toile épaisse, il essuya jusqu'à ce qu'elle brille une petite cuillère en inox. Il la porta devant ses yeux pour s'assurer qu'il ne pourrait pas mieux faire. S'attendant à apercevoir son visage inversé et déformé, il fut bien surpris de ne rien voir. Il approcha la cuillère plus près. Rien encore. Il ne l'avait sans doute pas assez astiquée, il se dit en caressant ses moustaches. Depuis quand les portait-il ? Il réfléchit un moment, puis haussa les épaules : depuis toujours sans doute. Il reprit la cuillère, certain, cette fois qu'elle brillerait et qu'il se verrait reflété dans le métal bien frotté, mais encore une fois, rien. Il vérifia les autres cuillères, rien non plus. Il regarda la mer, devant lui, à travers les baies vitrées de l'hôtel. Elle était d'une couleur turquoise inhabituelle. Il se remit au travail et, chiffon en main, frotta plus vigoureusement encore chaque ustensile.

Aucun doute. Son image allait apparaître. Il leva la dernière cuillère frottée devant ses yeux, se préparant à sourire de toutes ses dents, mais cette fois encore : rien. Le métal restait opaque et mat. Il recommença de nettoyer, toujours rien. Il frottait avec toujours plus d'énergie. Pourtant, le métal brillait, mais il ne se voyait pas dedans. Le presse-citron, la tasse vide de café, la bouteille en plastique étaient pourtant visibles dans le miroir de la cuillère. Entre chaque objet, il remettait la cuillère devant son visage, mais ses traits n'apparaissaient pas. Il s'approcha de la grande porte vitrée, mais n'y trouva pas non plus son reflet. Il courait maintenant d'un côté et de l'autre du restaurant, pris de panique.

Il se souvint qu'un miroir était accroché dans le couloir de la réserve, près de la cuisine. Il s'y précipita. Les deux cuisiniers japonais que Léna venait de recruter pour donner à sa carte un côté *fusion* levèrent à peine les yeux pour le regarder passer.

Salvador déboula dans la réserve plongée dans le noir. À tâtons, il chercha l'interrupteur, se cogna contre le lave-mains au-dessus duquel il savait qu'il y avait un grand miroir. Enfin, la lumière jaillit, et il leva les yeux et se vit tel qu'il se connaissait : le visage rond, la peau mate et tachée de grains de beauté, des rouflaquettes démodées, des cheveux noirs bouclés un peu longs dans le cou, le haut du crâne chauve et une moustache épaisse. Il reconnut ses yeux marron, hérités de sa mère, placés sur son visage de telle façon qu'ils avaient l'air de glisser de chaque côté de l'arête de son nez.

Salvador éteignit la lumière en soupirant et retourna à son travail.

CHUTE, CRISTAL, CHAUSSURES

Il laissa tomber le premier verre la nuit où entra dans l'hôtel un homme seul, chauve avec une grosse veste, un jean brut et des chaussures de chantier et qu'il demanda une chambre et un sandwich. Le deuxième verre s'est cassé le lendemain quand l'homme est descendu tard de sa chambre, qu'il a voulu prendre son petit déjeuner sur la terrasse, juste après que Salvador lui eut conseillé de s'asseoir sous la bâche, à cause du vent. Lorsque Léna s'est approchée de l'homme avec une corbeille de croissants et de pain frais et qu'elle lui a souri, le troisième verre a chuté et s'est brisé en mille morceaux. Salvador voyait tout depuis le bar. Jusqu'à *la douceur* dans les yeux bleus de Léna. Un quatrième verre a glissé de ses mains lorsque les deux, l'homme et Léna, se sont levés et ont disparu du côté de la plage. Dès lors, un à un, les quarante-huit verres à pied restants ont implosé, les uns après les autres. Il y avait du verre partout tout autour de Salvador, des morceaux de toutes les tailles, du plus petit à peine visible jusqu'aux plus importants, dans lesquels Salvador voyait se refléter des dizaines de frères effrayés, chauves, jumeaux, visage rond, moustaches et rouflaquettes, et Salvador à cet instant voulut tellement revenir en arrière qu'il en avait mal à la poitrine, une douleur terrible. Il désirait par-dessus tout retrouver son siège confortable dans la grue, poser ses deux pieds en chaussette de laine douce sur la vitre panoramique et, le soir, rentrer chez lui avec la satisfaction du travail accompli, et puis, comme un homme qui sait tenir son rôle, serrer sa femme Estelle dans ses bras.

FINIR, OUVRIR, LAISSER

Dans la penderie de sa chambre à coucher, Léna décrocha sa robe couleur de mer, la revêtit, apprécia la caresse du tissu léger et se regarda un court instant dans le miroir contre l'intérieur de la porte. Elle agita son poignet pour ajuster les manches longues un peu bouffantes et s'agenouilla devant l'armoire dont elle peina à ouvrir le tiroir qui ne contenait pourtant qu'une jarre joufflue en terre cuite. La jarre valsa à droite et à gauche lorsque Léna tira sur les deux poignées, mais le tiroir finit par céder avec des bruits de planches qu'on frotte l'une contre l'autre.

Léna glissa sa main dans la jarre. Une forte odeur de fer-blanc lui fit plisser le nez. Ça ne venait pas des chaussettes qui sentaient le neuf et le propre comme si aucun pied ne les avait jamais habitées. Elles étaient là depuis si longtemps. Les tenant par la pointe comme les oreilles d'un lapin docile, elle alla sur la terrasse, laissant derrière elle tout un désordre, tiroir béant et jarre renversée. Sans avoir eu besoin d'horloge ni de montre, elle savait qu'il était l'heure.

Elle s'installa sur le balcon et sortit de sa boîte à couture les ciseaux en forme d'aile d'ange ou d'oiseau et les posa près d'elle sur la table. Elle fouilla et finit par trouver ce qu'elle cherchait : un objet mince de plastique rouge à pointe de métal double, grâce auquel elle tira sur le fil qu'elle avait cousu autrefois au bout de la chaussette grise. Elle tira sur le fil, puis le coupa net avec les ciseaux argentés, et le trou, avec un soupir bref, retrouva sa taille de départ.

Elle fit une toute petite boule de fil qu'elle glissa dans la poche de sa robe. Dans les vagues bleues du tissu, un nid de fils gris pelucheux accueillit la pelote, et la marche du temps qui avait un moment dévié son cours, se remit en place.

Avec son sourire de mouette, Léna replaça la chaussette bien à plat sur les godillots de cuir de Salvador Hollier.

DÉPART, TROU, MÈRE

J'ai caressé le coton rugueux du tablier de cuisine passé par-dessus mes vêtements. J'ai hésité une fraction de seconde, et puis j'ai dénoué le tablier. Je l'ai posé sur le comptoir du bar. J'ai décroché ma grosse veste de chantier du portemanteau. J'ai fait glisser la baie vitrée et je suis parti sans un regard en arrière. Dehors, j'ai tourné à droite, j'ai suivi la route. Au début, je marchais d'un bon pas, puis je me suis mis à courir, dans mon dos une voix de femme criait mon nom, c'était Léna, la patronne, *Bon vent, Salvador ! et surtout, ne reviens pas !* et c'est là que je me suis rendu compte d'une chose incroyable : je portais des mocassins turquoise, ça m'a fait stopper net au beau milieu de la route, la voix derrière moi avait cessé d'un coup, je me suis penché en avant, j'ai glissé mes pieds hors des chaussures, mes orteils se sont mis à gigoter comme dix saucisses vivantes, j'ai retrouvé mes chaussettes en laine grise dans la poche de ma grosse veste, je ne me souvenais pas de les y avoir rangées, mais j'avais oublié tant de choses pendant que je vivais avec Léna, j'ai jeté ces horribles mocassins dont la couleur improbable ne devait être qu'une bonne blague, ils se sont envolés loin, et je les ai entendus retomber dans les tamaris, derrière la route, j'ai remis mes chaussettes, la route était molle et elle semblait se dérouler sous mes pieds, j'allais perdre l'équilibre quand une main m'a retenu par l'épaule, maman m'a tendu mes chaussures de chantier, elle riait près de moi et l'une de ses longues mèches brunes a effleuré ma joue, maman, j'ai dit, maman, j'ai crié, alors, bien fort, je lui ai dit qu'il fallait qu'elle m'attende, que j'allais arriver, je n'étais plus très loin, maman, j'ai dit encore, mais le soir est venu si vite que j'ai fermé les yeux, vaincu par tout le noir de la nuit qui me tombait sur les épaules.

NUQUE, VOLANT, ROUTE

Salvador était assis au volant de la Bagheera et roulait au maximum de la vitesse autorisée quand soudain il s'est souvenu que le voyant de la jauge n'était pas fiable. Il a fait un rapide calcul pour savoir à quand remontait son dernier plein. À la prochaine station, il devrait prendre de l'essence. Il ne voulait pas risquer de tomber en panne.

C'était peut-être son dernier voyage dans sa voiture de collection. Il avait promis à Estelle qu'il la mettrait en vente dès que l'enfant serait né. Dans l'état où la Bagheera se trouvait, impeccable, sans une seule trace de corrosion, bichonnée, complètement dans son jus, il était certain d'en tirer un très bon prix. D'autant plus que ce modèle était devenu rare. La 1973, il n'y en avait quasiment plus sur le marché.

Tenant d'une main le volant, Salvador caressa du bout des doigts l'horloge de bord, encastrée, au design impeccable, bien carrée, avec ses aiguilles rouges et ses gros chiffres lisibles. Elle marquait deux heures, deux minutes et quelques secondes. Il pressa l'allume-cigare qu'il aimait astiquer avec un chiffon doux au moins une fois par mois, pour qu'il brille lorsque le soleil venait à se poser sur le métal du bouchon. Sa Bagheera l'accompagnait depuis si longtemps qu'elle était devenue une partie de lui-même. L'homme-roues, l'avait baptisé sa femme. Ça allait être dur de la laisser, mais pour Estelle et le bien-être de leur enfant il le ferait.

Il n'y avait pas grand monde à cette heure, sur l'autoroute ouverte devant lui, à peine quelques camions hollandais qui descendaient vers l'Espagne. Juste avant la sortie Fitou/

Leucate, un panneau de signalisation indiquait une aire de service. Alors, j'ai ralenti et mis le clignotant à droite.

JAUNE, NUIT, JOUR

Salvador tenait le pistolet à essence bien enfoncé dans la bouche du réservoir et imaginait le trajet du liquide précieux jusqu'aux tréfonds de la voiture. De temps en temps, il jetait un œil vers le compteur de la pompe dont les chiffres défilaient à toute allure. Il cherchait à atteindre un chiffre rond, le cou enfoncé dans les épaules pour donner le moins possible de prise au vent qui, s'engouffrant sous sa grosse veste de chantier, lui glaçait les os.

Il allait raccrocher le pistolet à essence, content d'avoir réussi le défi qu'il s'était fixé, lorsqu'il vit sortir de la boutique trois jeunes hommes hilares. Ils avaient des cheveux noirs coiffés en arrière, si épais qu'ils semblaient porter des casques, *comme des Playmobil*, pensa Salvador en les regardant s'approcher. Ils montraient du doigt la Bagheera.

— Monsieur, c'est quoi cette voiture ? On l'a jamais vue.

— Ouais, elle est jaune, là, monsieur, vraiment jaune, et puis ces trois sièges devant, c'est vraiment dingue.

Salvador sourit et les laissa admirer la Bagheera. Les trois jeunes rigolaient encore quand ils ont disparu dans la nuit du côté du parking.

Salvador s'est réinstallé au volant.

Il remarqua l'enseigne éclairée au-dessus de la boutique de la station-service, il lui semblait que quelque chose clochait.

La nuit était tombée si vite.

Pourtant en avril, habituellement, les jours rallongent, il s'étonna en bouclant sa ceinture de sécurité. Est-ce qu'on est vraiment en avril ? il pensa. Il sentit une présence à ses côtés. Une fille occupait la place du milieu. Elle avait des yeux très bleus et elle souriait avec un drôle de sourire, bouche fermée :

— Qu'est-ce qu'ils te voulaient les trois, là ? elle a demandé d'une voix alanguie.

Elle avait l'air d'être à sa place, la fille, et de savoir pourquoi, comment elle s'était retrouvée assise dans ma voiture, alors j'ai démarré et j'ai poursuivi mon chemin un moment en silence sur l'autoroute noire. C'est en doublant un gros camion immatriculé en Roumanie, je ne sais pas si tout cela a un sens, que je me suis souvenu de l'enseigne. Je l'avais trouvée bizarre, mais sans comprendre ce qui clochait, et là, d'un coup, l'évidence m'a sauté aux yeux : il manquait une lettre. Le *S* de *Shell* n'était pas éclairé. Le néon avait grillé ou bien la lettre était tombée ; avec le vent qu'il fait par ici, ce ne serait pas étonnant.

Hell, j'ai dit à voix basse, si basse que la fille n'a pas réagi. Hell, j'ai répété, toujours aussi bas.

Quelqu'un avait fait exprès d'enlever la lettre pour se foutre de ma gueule ou pour m'envoyer un message, je n'en savais rien, mais j'ai frissonné, regardé la route noire, essayé de penser à autre chose en m'accrochant au volant de la Bagheera. À côté de moi, la fille mettait du parfum. Tu aimes ? elle m'a demandé, en vaporisant son Opium partout autour d'elle.

Mais qui c'était, cette meuf ? Elle me rappelait quelqu'un. Très vaguement. En même temps, je n'allais pas lui demander de descendre. Estelle m'aurait approuvé, j'en suis certain. Je n'allais pas la laisser au bord de la route. Ses yeux étaient d'un bleu. Elle était belle, jeune, douloureusement désirable.

— Comment tu t'appelles ? je lui ai demandé, les yeux fixés sur l'horizon. Elle a eu un petit rire, comme si j'avais dit quelque chose de drôle. Elle m'a répondu avec un sourire en coin.

— Léa Cabanel. Et vous ?

Ce nom me disait quelque chose, décidément. Mais je n'étais sûr de rien. On se connaît alors ? j'ai tenté du bout des lèvres. Le rire de la fille a redoublé. C'est fou ce que les gens riaient autour de moi.

Léa Cabanel a passé son bras autour de mes épaules. Elle me massait la nuque, et ses doigts me faisaient un bien fou. Je sentais que je reprenais confiance. Même les lettres en néon ne me faisaient plus peur. Après tout, je me suis rappelé, avec le vent qu'il fait ici…

La fille a déplié ses longues jambes et les a posées sur le tableau de bord. Ses pieds étaient minces et ces orteils, très longs. Elle les avait peints d'une couleur improbable, une espèce de bleu clair opaque, bleu de mer ou ciel d'été. Je les ai regardés une seconde à peine, l'effet qu'ils me faisaient était trop intense, avec en plus sa main qui me caressait les cervicales. Sur ma cuisse, j'ai senti deux petits coups comme on frappe à une porte déjà entrouverte, *tap tap*, et le rouge m'est monté aux joues, des frissons m'ont saisi. Arrête, j'ai dit. La fille a glissé vers la troisième place, le nez collé à la vitre, elle boudait.

J'ai voulu sortir au Boulou pour prendre la route de la corniche, mais je ne sais pas pourquoi, peut-être à cause des pieds de la fille, du massage, ou peut-être parce que je n'étais pas venu dans la région depuis longtemps, j'ai raté la sortie. On a dû continuer tout droit jusqu'en Espagne pour aller faire demi-tour à La Jonquera. J'en ai profité pour faire mon malin et raconter à la fille, à Léa, tout ce que je savais sur le monument dédié aux Catalans, apparu en majesté au détour d'un virage.

GRIFFE, SANG, TERRE

À la fin des années soixante-dix, des tonnes de terre ont été extraites pour la construction de l'autoroute, puis déversées sur une butte artificielle. Un architecte a dessiné ce monument dédié à la mémoire du premier Catalan et en hommage à son peuple. Je lui ai tout dit d'une traite comme si je récitais une page de dictionnaire.

Il s'appelait Ricardo Bofill, j'ai ajouté en jetant un coup d'œil de côté pour voir si la fille était impressionnée ou pas.

Mais pourquoi aux Catalans ? elle a demandé ; pile la question dont j'avais besoin pour continuer à me la péter.

Eh bien tu vois, j'ai poursuivi alors qu'on venait de dépasser le panneau indiquant le passage de la frontière, on raconte qu'autrefois des troupes musulmanes étaient en guerre contre un certain Guifré el Pelut, dit le Poilu.

J'ai appuyé sur le nom un peu ridicule, et la fille a ri comme je l'espérais. Un rire en clochettes très joyeux qui m'a donné envie d'elle, cette fois sans vertige ni hésitation.

Je me suis tourné vers Léa un quart de seconde. Je lui ai souri. En replongeant mon regard en avant sur la route, je me suis dit que tout était possible, tout. Elle était si belle et manifestement heureuse d'être avec moi autant que je le l'étais près d'elle. Une nuit, trois jours au maximum, j'ai pensé. Ce sera une bulle, un moment exceptionnel dans ma vie bien rangée.

J'ai continué et j'en ai rajouté. J'ai mimé les scènes historiques, la voix de plus en plus forte, je me suis pris pour un acteur sur une scène de théâtre, le volant de la Bagheera dans les mains : au cours d'une bataille sanglante, le

Poilu a été blessé à mort par le wali Muhammad Ibn Llop, dit le fils du Loup.

Le fils du Loup, impressionné par le courage et la bravoure de son ennemi lui demande quelles sont ses dernières volontés. Guifré le Poilu parvient à articuler : je veux marquer mon peuple. Apportez-moi un bouclier doré.

Qu'on le lui apporte,

J'ai crié. J'étais très expressif. La fille riait aux larmes.

Et c'est alors que Guifré le Poilu fait glisser ses quatre doigts ensanglantés sur le métal jaune, créant quatre barres rouges sur fond jaune.

Oh, a fait la fille, sa mignonne bouche noire toute ronde et ses yeux qui s'amusaient.

Et c'est ainsi qu'est né le drapeau catalan, tu vois ? j'ai conclu sérieux tout d'un coup, le regard en avant sur les forêts de chênes-lièges et la route en virage majuscule.

La fille a fait un *ah, ah* de fond de gorge. Je la sentais m'observer, pas certain qu'elle croie à mon histoire, et pourtant tout était vrai.

Bofill qui est malin, j'ai continué, a créé quatre piliers rouges au sommet de sa pyramide, et d'une manière symbolique c'est la *Senyera* qu'il a représentée, notre drapeau.

Nous, les Catalans.

Je ne sais pas pourquoi j'ai dit ça avec autant de sérieux. Jusque-là, être catalan ou pas, être catalan ou basque, occitan ou strasbourgeois, j'en avais vraiment rien à battre.

Je m'étais souvenu de ce qu'avait dit ma mère à propos du meurtre de *monsieur Josep*. C'est là qu'on l'avait retrouvé, en haut du monument, le corps criblé de balles. *Ils m'ont tué le père de Salvador*, elle avait dit. Elle n'avait versé aucune larme pourtant. Et quelque temps après l'annonce de la mort de *monsieur Josep*, trois personnes, deux hommes et une femme nous avaient rendu visite. Ma mère m'avait envoyé chercher des cigarettes chez le buraliste, et, quand j'étais revenu, les trois n'étaient déjà plus là.

CUISSE, FILLE, ROUTE

La Jonquera ? a dit la fille quand on a eu dépassé le péage. C'est pas là où il y a les putes ?

Je voulais faire demi-tour, mais Léa a insisté pour qu'on aille voir. Tu comprends, elle m'a dit, c'est important pour mes études de socio.

Je croyais que tu bossais dans un bar ?

Il me semblait qu'elle m'avait dit ça pendant le trajet.

Si, bien sûr, je bosse dans un salon de thé qui fait boulangerie, mais c'est pour payer mes études, je suis en troisième année de sociologie. Allez, viens, on y va.

Alors on y est allés. On a traversé une ville espagnole tout ce qu'il y a de normal.

La fille était un peu déçue. Et puis, j'ai eu l'idée de continuer plus loin sur une route de campagne. On est passés devant des boîtes, fermées à cette heure de la journée. Oui, j'en suis certain maintenant, c'était de jour. Peut-être qu'à la station-service pendant que je faisais le plein, aussi, mais je ne suis plus trop sûr. Tout se confond dans mon esprit. Le jour, la nuit et toutes les images qui me traversent.

Les boîtes étaient fermées, les parkings, vides.

À un embranchement, j'ai pris une petite route de campagne, et une créature est apparue. Une grande fille à la peau bronzée. Elle portait un bikini jaune, et un ruban vert fluo entourait ses cuisses et ses avant-bras. Elle nous a fait signe. J'ai ralenti et, quand elle est arrivée à mon niveau, j'ai accéléré d'un coup. La pute a crié quelque chose, le poing levé.

On est allés faire demi-tour un peu plus loin. On était bien obligés de repasser devant elle. Léa lui a fait un grand bonjour en sortant le bras par la fenêtre, mais la fille n'a pas eu l'air d'apprécier. Elle s'est mise à gueuler en nous jetant des pierres.

MER, VIGNE, CIEL

On a fini par rejoindre la route de la corniche. Léa s'extasiait sur le paysage, la mer à perte de vue par-dessus les rochers, et moi j'étais content comme si je venais d'installer le décor juste pour elle.

On a roulé un moment dans cette joie, tout ce bleu.

Elle a baissé le pare-soleil et elle a sorti de son sac un bâton de rouge à lèvres. Je l'observais du coin de l'œil en train de peindre en rouge sa bouche noire. Elle n'avait pas de dents, pas vraiment, je ne crois pas, mais je l'ai trouvée belle telle qu'elle se présentait à moi.

J'ai baissé la vitre.

Le vent est entré tout entier, charriant avec lui l'odeur de la mer si proche de celle du sexe.

Je cherchais des souvenirs de cinéma. Des mots qui pourraient lui plaire. Mes mains, j'aurais voulu me les scotcher au volant alors qu'elles rêvaient de s'encastrer à la rondeur de ses genoux. Je souriais sans arrêt. J'avais chaud aux oreilles. Léa était gracieuse, jeune et fine, avec des jambes aussi longues que le trajet à parcourir.

J'ai roulé un moment sur la corniche, avec d'un côté les vignes et de l'autre la mer. La fille trouvait que tout était magnifique. Elle m'en a fait la remarque avec sa voix un peu rauque ; un peu italienne.

Qu'Estelle veuille bien m'en excuser. Ce n'est que ma première infidélité et sans doute la dernière. Je suis certain qu'elle comprendra. Elle comprend tout, Estelle. C'est son métier.

De loin, j'ai repéré le panneau qu'il me fallait, ralenti, mis le cligno à gauche, direction la mer. Je savais qu'il n'y aurait personne en bas et que Le bout du monde, le bar qui se trouvait-là depuis toujours, serait fermé pour la saison hivernale.

La Bagheera a glissé jusqu'à la plage. Il n'y avait personne. Avec ce sale temps, valait mieux rester à l'abri.

On aurait dit que je lui plaisais. Elle est venue contre moi avec douceur. J'ai passé la main sous son T-shirt. J'ai remarqué qu'il y avait un mot écrit en noir dessus, mais je n'ai pas eu le temps de le lire ; qui sait, c'était peut-être une mise en garde ou alors un encouragement.

Elle a dit : t'es sûr de ce que tu fais ?

J'ai acquiescé : elle s'est déshabillée.

J'ai baissé les sièges. On a baisé comme ça dans la voiture ballottée par les rafales du vent, avec la mer qui crachait son écume sur les rochers.

Ses orteils peints en bleu, j'ai préféré m'en souvenir plutôt que de les regarder de nouveau. J'ai nagé en elle les yeux fermés.

Quand on a eu fini, on s'est relevés et on a vu un type qui promenait son chien. On ne savait pas s'il nous avait matés ou pas. Ça nous a fait marrer.

C'était un setter anglais, le chien, je ne sais pas pourquoi je me souviens de la race de cet animal. Peut-être à cause de la couleur fauve, qui faisait si bien ressortir le bleu métallisé de la mer.

FRONTIÈRE, FALAISE, ARRIVÉE

Et puis tout s'est très vite enchaîné. On a repris l'autoroute dans l'autre sens, on est remontés, on a roulé, on a passé la frontière sans vraiment s'en rendre compte, on n'a pas raté la sortie cette fois et on a pu descendre vers Collioure, Banyuls, Cerbère. Rien n'avait changé depuis que j'étais parti.

On est où ? a demandé Léa, en France ou en Espagne ?

À Portbou, j'ai dit en me souvenant de Trois-mâts, et je me suis demandé s'il vivait encore.

Mais ? La frontière est invisible ?

Comme souvent, les frontières, non ? j'ai répondu.

Elle a semblé réfléchir un moment.

Elle tenait ses mains serrées entre ses cuisses et elle ne disait plus rien. Surpris par ce silence soudain et concentré, je l'ai regardée. D'un coup, je ne roulais plus sur la route, mais sur la ligne de son profil. J'ai descendu le chemin depuis l'arrondi de son front jusqu'à son nez si fin et ses lèvres goûteuses. *Regarde devant toi* ! m'a repris ma mère. Virage à gauche, virage à droite, montée abrupte sur l'asphalte. *J'arrive, maman.* Sur la route s'était imprimé le visage de Léa pensive. Peut-être qu'elle faisait la liste de toutes les frontières. J'ai essayé moi aussi, mentalement, de penser à la question. J'avais envie de dire à Léa que, celle qui m'avait toujours paru la plus fine, c'était la frontière entre le rêve et la réalité. Tout se mélange, tout se confond. Ce que l'on vit, ce que l'on voudrait vivre, les livres qu'on a lus et les films qu'on a vus, les aventures de héros que l'on s'est appropriées, que l'on est certains d'avoir vécues, les souvenirs qu'on a oubliés, remâchés, réécrits, confondus avec les images des rêves dans lesquels nous vivons chaque nuit en extension de nous-mêmes. Qui sait si on ne mémorise pas aussi ce qu'ont vécu les autres, tous les autres, les connus et les inconnus et la foule de nos ancêtres, la foule des êtres humains en général, avec qui, par une sorte de télépathie, des routes invisibles chargées d'électricité, on échangerait impressions, émotions, souvenirs. Peut-être que les idées, les images, les souvenirs vivent en nous et autour de nous comme des virus et des bactéries invisibles. J'aurais voulu dire tout ça à Léa, mais les mots ne me sont pas venus. Je n'ai rien dit, j'ai laissé filer et, enfin, entre les deux collines est apparu le panneau rectangulaire qui indiquait l'entrée de Colera. Le nom de mon village oscillait devant mes yeux, comme éclairé par un stroboscope. J'avais mal aux yeux, la bouche sèche et trop de lumière en moi.

J'ai continué à avancer quand même. J'avais le cœur qui s'emballait. La peur refaisait surface. Le stade du lycée à droite, le café à gauche. Du côté droit de la rue, les voitures étaient garées en enfilade devant les maisons aux volets fermés. Normal, j'ai pensé, on est hors saison. J'ai ralenti pour bien regarder la place. Mon estomac s'est serré, mais pas à cause des retrouvailles, plutôt parce que je me souvenais de tout, en bloc, en symphonie zigzagante, ça pullulait de pensées dans ma tête, ça tambourinait de bruits d'autrefois, de cris et de pleurs, de ma mère tuant la baleine morte, de ma mère et ses escarpins trop hauts pour avancer dans les galets, sa démarche torturée, ses rires et ses amants, et puis Josep, peut-être mon père, mort assassiné, dont je ne savais rien et dont elle devrait bien me parler en détail, un jour.

J'ai regardé la fille, elle dormait. Je n'avais pas fait attention à quel moment sur le trajet elle s'était endormie, en chien de fusil en travers des sièges, la tête posée contre ma cuisse.

J'ai encore ralenti pour bien voir si le platane dont tout le monde connaissait la date de plantation, le 20 janvier 1898, était toujours là. J'ai souri de me rappeler encore cette date. Avec tout ce que j'avais oublié... Je l'ai trouvé juste un peu plus grand qu'autrefois. Ça m'a rassuré, je ne sais pas pourquoi. Le restaurant de ma mère n'existait plus, et ça, ça ne m'a pas étonné. Peu après la mort de Josep, elle avait réussi à convaincre le patron de La Gambina de lui prêter la somme nécessaire, mais aujourd'hui le bâtiment avait été remplacé par un immeuble de cinq étages, laid et sans style.

Je savais bien qu'un restaurant de plus dans ce village où personne ne vient à cause du vent, ça ne valait pas le coup. J'ai parlé à voix haute. Léa n'a pas réagi, elle dormait profondément.

Plus loin, le même panneau cabossé indiquait la gare, sur les hauteurs du village. J'avais toujours cette lumière éblouissante en moi et je voyais tout en sous-exposition, blanc avec des détails mouchetés incompréhensibles.

J'ai continué vers l'esplanade au bord de la mer, mais avant je me suis garé dans le parking en terre battue, face à trois énormes pins parasols. Je n'ai pas voulu réveiller Léa.

En attendant qu'elle ouvre les yeux, j'ai laissé venir d'autres souvenirs. La lumière intermittente s'est apaisée. Tout est devenu plus doux. J'ai respiré profondément plusieurs fois de suite, comme me l'avait appris Estelle, et je me suis massé les tempes, le cou, tout le visage. Ma mère n'a rien dit cette fois, elle ne devait pas en mener large, elle non plus, de me savoir si proche. J'étais certain qu'elle savait. Ça ne faisait aucun doute. Mais je ne voulais rien précipiter. Prends ton temps, Salva, je me disais. D'abord parce que je n'étais pas certain qu'elle habitait toujours au même endroit, peut-être que j'allais devoir la chercher, poser des questions aux rares habitants, visiter le lotissement qui n'existait pas à notre époque. Je n'aurais jamais imaginé revenir à Colera. J'étais parti il y avait presque vingt ans, sans me retourner, avec la ferme intention de ne jamais y remettre les pieds. Pourtant, passé mes quarante ans, l'âge d'homme, quelque chose avait dû changer que je n'avais pas remarqué. Insidieusement, le retour est devenu nécessaire.

Il faudra que je demande à Estelle ce qu'elle pense de tout ça, je me suis dit. Elle, elle saura trouver une explication claire.

J'ai regardé les trois pins parasols devant moi et je me suis souvenu que c'était elle, ma mère, qui les avait plantés, il y avait plus de vingt-cinq ans, peut-être trente. J'étais encore enfant. Je ne sais pas pourquoi, peut-être parce qu'elle était de loin la plus belle femme du village, elle avait reçu – de qui ? de la mairie ? – une bonne dizaine d'arbres qu'elle avait placés à divers endroits dans Colera, au bord de la grande plage, sur les hauteurs et dans ce parking aussi. Un dimanche, au printemps, tout le village avait été convié. Le journal local avait envoyé son correspondant, un homme de très grande taille dont je me rappelle le ventre proéminent et qui avait pris des dizaines de photos de ma mère auprès de chacun des arbres, souriante et si belle dans sa robe fleurie, celle avec la ceinture à boucle carrée noire. Elle portait ses talons rouges à bout pointu, si pointu qu'on aurait dit une menace, une lance ou une arme. Une déesse, ma mère. Les gens du village l'accompagnaient, le buraliste qui avait des bras musclés creusait des trous avec sa pelle rouge qui me faisait penser à l'été, aux châteaux de sable, au bain de soleil et de mer qui ne tarderaient pas à revenir comme chaque année.

Il n'y avait eu qu'un entrefilet dans le journal, sans photo. Ma mère avait été déçue et moi aussi, mais quelque temps plus tard, le photographe était revenu à la Gambina et, devant tout le monde, il avait osé avouer qu'il avait fait son reportage en ayant oublié la pellicule dans le boîtier. Tout le monde avait ri, et le patron, un type très brun dont je me méfiais déjà à l'époque, nous a offert une tournée. De l'alcool pour les adultes, une grenadine pour moi. J'étais le seul enfant qui sortait dans les bars avec sa mère.

Je me souviens des bateaux qui passaient dans mon verre de grenadine, et de ma mère si belle ce jour-là. Son visage rayonnant et déjà bruni par le soleil s'était, pour toujours, imprimé dans la mémoire de tous ceux qui étaient présents. Le souvenir était suffisamment fort, on n'avait pas besoin de photos.

Maintenant, les pins parasols du parking étaient devenus de robustes gaillards d'un vert de bonne santé, et la boule parfaite de leurs trois têtes s'élevait à vingt mètres au moins au-dessus du sol. Ma mère leur avait donné un peu sa beauté. Ils avaient résisté à tous les vents de Colera, aux rafales violentes de la tramontane qui soufflait maintenant encore. J'étais heureux d'être là, même si, tout près du but, j'avais le trac. Je voulais me souvenir de tout, de notre vie commune quand j'étais enfant, de toutes les crasses qu'elle m'avait faites, les gifles, les brimades aussi, les nuits où je l'entendais gémir dans les bras de ses amants et l'argent qu'elle avait prélevé sur mon salaire. Elle m'avait aimé aussi, ça aussi, je voulais me le rappeler, ne pas oublier. Ne rien oublier. Je voulais tout revoir mentalement pour choisir avec précision les mots que j'allais lui dire lorsque j'allais la retrouver.

J'étais parti très loin dans mes pensées quand quelqu'un frappa à la vitre. J'ai sursauté, et Léa s'est réveillée. Toute décoiffée, elle a comme moi regardé l'homme qui faisait signe de baisser ma vitre.

Oh, a dit Léa, c'est Fernando.

J'ai ouvert la vitre avec la manivelle noire encastrée dans son rond de cuir jaune assorti à la carrosserie, et Léa a demandé à l'homme à l'épaisse chevelure noire : Fernando, qu'est-ce que tu fous là ? C'est mon oncle, elle m'a appris dans un même souffle. Le monde est petit, j'ai pensé, ce type, je l'ai déjà rencontré. Lui aussi semblait me connaître. Il me fixait du regard sans rien dire, et mes yeux ont été aimantés par ses pupilles noires, deux cavités profondes qui, j'en étais certain, me conduiraient sur le chemin de ma vérité.

J'ai entendu Léa qui riait, mais je n'ai pas eu le temps de lui demander si j'avais bien compris tout à l'heure quand elle m'avait dit son prénom et si elle s'appelait Léa ou Léna.

MOBYLETTE, CHAUSSURES, HÔPITAL

— Un gars presque chauve ? Avec une grosse veste de chantier ? Oui, on l'a vu. Pas vrai les gars ?

— Vrai.

— Même qu'il avait pas l'air net.

— J'étais là aussi.

— Vrai. Johnny aussi était là. On l'a vu le gars.

— Vrai. On était trois. On l'a vu. Il avait pas l'air net.

— Il avait les lèvres qui remuaient, comme s'il parlait, mais sans le son. Après, il est allé direct vers Fernando et il lui a demandé de le conduire à la frontière.

— Il nous a intrigués, le gadjo.

— Même qu'on a rigolé. C'est pas qu'on se foutait de sa gueule, mais bon, un type qui demande à aller à la frontière, c'est pas ordinaire.

— C'est pas comme si elle était à dix kilomètres. Faut y aller jusque là-bas.

— Même qu'il était en chaussettes. Ses groles, ils les tenaient à la main.

— C'est vrai. Brendan l'a remarqué en premier. Depuis sa mob, il a fait signe vers les pieds du gars et vers les grosses godasses, genre chaussures de sécurité, qu'il avait à la main.

— On a trouvé ça bizarre. Charly est descendu de sa mob. Il est allé lui parler. Ça va, monsieur ? il lui a dit comme ça, gentiment. Mais le type l'a à peine regardé.

— Il a fait un geste du genre dégage. Sans un mot pour Charly qui est resté comme deux ronds de frites.

— Vrai.

— Alors on a laissé tomber.

— Nous, c'est pas notre business.

— On est pas là pour surveiller les gens.

— Mais quand même, si on avait su…

— Oui, si on avait su, on serait intervenus.

— Il est parti en courant vers le parking. On a pas approfondi.

— On se sentait pas concernés. Le gars, il avait pas envie de nous parler.

— On voulait pas être lourds.

— Et puis, il a disparu du côté du parking.

— Vrai.

VUE, FENÊTRE, GRUE

L'appartement est calme. Un petit enfant gazouille. La nuit est tombée depuis longtemps. Dehors le vent crache des rubans invisibles.

Estelle regarde par la fenêtre au-dessus de la baignoire. Une petite fenêtre carrée. Il y a peu de temps encore, allongée dans l'eau chaude, elle pouvait voir le ciel. Maintenant, l'horizon est bouché par le chantier qui ne cesse de s'élever de plus en plus haut.

Estelle ne décolère pas. *Sa* fenêtre. *Sa* vue sur les toits et *ses* nuages, tout cela, on le lui a volé. L'entreprise pour laquelle son mari travaille s'occupe de construire les immeubles autour de leur appartement. Autrefois, la vue était dégagée. On pouvait respirer. Maintenant, on étouffe, encerclés par des dizaines et des dizaines de balcons, de fenêtres et de baies vitrées.

Et pire, Estelle est seule dans l'appartement : Salvador est parti.

Assise dans son bain, Estelle en tapote l'eau mousseuse et chante le nom de son mari Sal. Va. Dor.

En tournant la tête légèrement sur la gauche, elle aperçoit le dessous de la grue. Dans le ciel anthracite et les nuages noirs, une lumière verte clignote.

Quelqu'un l'a remplacé, là-haut.

La grue a été mise en girouette.

José lui répète qu'elle devrait vendre et aller habiter ailleurs, mais les questions matérielles ne sont pas son fort. Encore préfère-t-elle ne pas bouger.

Tu dois refaire ta vie, disait José. Estelle savait ce qu'il avait en tête. Il aurait aimé prendre la place de Salva, mais elle ne pouvait rien pour lui.

Et qui sait, si Salvador revenait ?

José leur rendait souvent visite, à elle et à Garance. Elle commençait à parler maintenant. Il y avait entre lui et l'enfant un lien si fort qu'il en était visible. Dès qu'il entrait dans l'appartement, Garance souriait et agitait ses petites mains dodues.

Dans l'appartement, les pièces qui autrefois avaient regardé plein sud étaient assombries par les nouvelles constructions, et il fallait garder les lumières allumées même en journée ; ce qu'Estelle oubliait toujours de faire, parce qu'à l'intérieur d'elle-même tout était sombre.

Salvador était parti en claquant la porte. Depuis, elle vivait dans un gouffre de silence. Les bruits extérieurs, Garance qui grandissait : elle entendait et voyait tout de très loin.

Ça ressemble à une cave ici ou à une grotte, insistait José. Tu veux pas que je te trouve un autre endroit plus lumineux ?

Mais, reprenait Estelle d'une voix fatiguée, et si Salvador revenait ?

José secouait sa grosse tête de cheval triste et soupirait. Et moi alors, je ne compte pas ?

Estelle sent monter en elle la rage de l'impuissance, elle gifle la surface du bain. L'eau savonneuse émet un *clap* désespérant. Pourquoi Salvador est-il parti ? Où a-t-il bien pu aller ? On l'a cherché partout. La police, les privés payés avec l'argent mis de côté.

Estelle au bain grimace, son visage se plie en deux, elle glisse tout à l'intérieur de l'eau douce et chaude pour que ses larmes soient diluées. Elle ne veut plus pleurer. Salvador les a abandonnés, elle et l'enfant, elle devra s'y faire et ne pas se laisser aller au ressentiment et à la colère, à la tristesse et au désespoir.

La porte de la salle de bains s'ouvre sur José qui tient l'enfant dans ses bras, toute petite, toute potelée : regarde ma chérie, qui je t'apporte. Sa voix est très douce, ses bras trop musclés.

LUMIÈRE, HÔPITAL, FUIR

Cette possibilité est inadmissible. Je vais revenir, et Estelle doit m'attendre. J'ai rejeté les draps de mon lit, j'ai enlevé le cathéter de mon bras et je suis parti, j'ai couru tout droit dans les couloirs trop éclairés de l'hôpital ; la lumière me faisait mal aux yeux, tellement mal aux yeux, mais j'ai demandé de l'aide à ma mère, à Josep aussi.

CLÉS, PORTE, MÈRE

J'étais dans mon bain à regretter ma vue, les yeux levés vers la grue qui clignotait, provoquant sans doute entre mes synapses de nouveaux circuits, lorsque d'un coup les mots que mon mari avait lancés du bout des lèvres me sont revenus. J'étais quasiment certaine qu'il avait parlé de *sa mère, la revoir, foncer tout droit à Colera*. Je m'en voulais de n'avoir pas su l'arrêter à temps, mais le sujet était devenu difficile à aborder. Chaque fois que j'avais essayé, il se mettait en rage ; aussi je ne n'aurais probablement pas osé m'opposer à son départ, vu dans quel état il se trouvait lorsqu'il a déboulé dans l'appartement, le regard fou à gueuler après les clés de sa voiture, et je n'aurais certainement pas eu le courage de lui rappeler que sa mère était morte et depuis longtemps. Et puis les contractions qui sont venues si vite et m'ont pliée en deux. J'ai bien cru que j'allais accoucher, mais ce n'était qu'une alerte. Je n'en étais qu'au début du huitième mois. Lorsque la douleur s'est calmée, je suis allée me coucher dans notre lit et j'ai dormi longtemps. J'avais eu le temps de repenser à la mère de Salvador. Je ne l'ai jamais rencontrée, et ce que je sais je le tiens uniquement de ce qu'a bien voulu me raconter mon mari. Il doit y avoir une grande part de vérité, même si Salva a parfois tendance à exagérer, à se laisser entraîner par ses émotions et une imagination plus que fertile.

Au matin, sitôt réveillée – j'ai entendu sonner l'église Sainte-Eulalie, il était déjà huit heures –, c'est la mère de Salvador qui m'est revenue à l'esprit. Je me suis levée sans remonter les volets roulants et je me suis dirigée tout droit vers le grand tiroir au bas de l'armoire de notre chambre. J'ai dû tirer fort. Il ne se laisse pas faire, toujours mécontent et ne cède qu'avec des bruits de planches frottées l'une contre l'autre, sans doute parce qu'il protège une boîte en carton qui avait contenu des sucreries et dans laquelle Salva m'a expliqué conserver, en me faisant promettre de n'en parler à personne, quelques reliques de son enfance et une photo de sa mère. *La* photo de sa mère. La seule qu'il possédait.

J'ai pris la bonbonnière et je suis revenue me coucher. J'ai allumé la liseuse. J'ai posé la boîte près de moi, dans le lit, du côté vide laissé par mon mari. J'ai eu un pincement au cœur : est-ce qu'il était vraiment allé jusqu'à Colera ? La dernière fois, ça s'était mal passé. Elle l'avait reçu comme un malpropre, pas du tout comme un fils que l'on retrouve après une si longue absence. Elle lui avait dit des choses dures qu'il m'avait rapportées en sanglotant comme un môme, je ne l'avais jamais vu dans un pareil état. Elle l'avait quasiment mis dehors. Des mois entiers, Salvador n'avait plus été le même après ça. Et puis son beau-père, enfin, le mari de sa mère, le patron d'un bar, ou d'un hôtel, je ne sais plus, l'a appelé un soir, peut-être deux ans plus tard après que mon mari est revenu en pleurs de Colera. Cet homme, Salvador l'avait connu quand il était jeune et ne l'avait jamais aimé – peut-être Salva était-il jaloux, ils avaient été si fusionnels, lui et sa mère. Je ne sais pas comment cet homme avait obtenu notre numéro, je ne l'ai jamais demandé à Salva ; aujourd'hui, tout se sait, tout le monde peut retrouver tout le monde, en deux clics, c'est facile.

Il lui a annoncé que la mère était morte. Une leucémie pour laquelle elle était soignée depuis plus de quinze ans, a ajouté le gars au téléphone. La maladie s'est déclenchée quand tu es parti, et j'espère que ce que je te dis, ça te rongera chaque jour du reste de ta vie. Que les regrets te bouffent et pour longtemps.

Et il avait raccroché.

COULOIRS,
CHUTE DE PIERRES, COLIMAÇON

Trois gitans étaient assis sur des mobylettes devant l'entrée de l'hôpital. Quand ils m'ont vu sortir en courant, passer devant le rond-point paysagé et continuer vers le parking où je pensais avoir garé la bagnole – mais je me suis souvenu que non, elle était restée dans le garage à la maison – ils se sont mis à me jeter des pierres et des cailloux que les jardiniers avaient placés entre les yuccas et les bananiers. Je ne sais pas quel crime ils ont pensé que j'avais commis. Ils riaient et ils lançaient leurs projectiles. Je zigzaguais entre les lauzes qui volaient dangereusement au-dessus de ma tête. *Fiou, fiou, fiou*, criaient les trois gars qui balançaient ces pierres plates et épaisses avec une facilité déconcertante. Je me suis caché derrière le grand bananier au beau milieu du rond-point. Si l'une des pierres m'arrivait sur le crâne, j'étais bon pour les points de suture. Ce jeu ne me faisait pas rire.

Je me suis accroupi sous les végétaux. Autour de moi, le calme est revenu, mais je me sentais nauséeux. J'ai espéré que la sensation passe au bout d'un moment et je me suis tenu immobile, essayant de réguler ma respiration.

La nausée n'a fait qu'empirer. Mon ventre était gonflé, dur, et j'avais de plus en plus mal. Des crampes me tordaient le fond de l'estomac. J'ai senti que j'allais vomir. J'ai ouvert la bouche et, comme un chien, j'ai tout laissé remonter. Avec la bile épaisse et acide sont sorties de ma bouche des figurines de plâtre qui ont laissé un goût affreux, amer et sale comme de l'eau de mer souillée. Elles sont tombées sur l'herbe sans se briser : ma mère, Josep, les triplés et leur père et même la boulangère.

Je les ai tous reconnus. Je n'en revenais pas de les voir si fidèlement représentés, mais je suis vite passé à autre chose quand mon attention a été attirée par une sorte de poignée en cuir qui dépassait sur la pelouse jaunie par les premières chaleurs. J'ai tiré dessus. Une trappe s'est soulevée. J'en ai profité. Je me suis faufilé dans le trou salvateur. Un escalier en colimaçon descendait loin à l'intérieur. J'ai posé mon pied sur une marche, puis une autre.

Une voix d'homme fredonnait cette chanson que j'aimais bien, sur la lumière dans les yeux de sa mère, et qu'elle seule savait quand ses pieds puent. Je la trouvais tendre, cette chanson, et la tendresse, c'est irrésistible, alors j'ai continué à descendre, longtemps, longtemps.

MÈRE, BOÎTE, VOLETS ROULANTS

J'ai regardé la boîte.

Un parallélépipède en carton bleu foncé, avec un couvercle plus clair sur laquelle une étiquette en papier à demi effacée ne tenait plus que par un seul et fragile point de colle. Autrefois, pleine de bombons à l'anis, elle dégageait maintenant une forte odeur de camphre et de fer-blanc qui m'a fait plisser le nez. Pour le camphre, je me souvenais d'avoir placé quelques gouttes d'huile essentielle dans le tiroir pour le protéger des mites – on est toujours envahi par les mites –, mais pourquoi cette odeur de fer-blanc ? je me suis demandé en soulevant le couvercle.

L'étiquette s'est décrochée. Un coup de vent l'a fait glisser sous le lit.

L'intérieur de la boîte était immaculé, d'un blanc mat de papier machine.

J'ai déposé un à un sur les draps les quelques objets qu'elle contenait : une paire de chaussettes en laine grise, trois galets de mer, une auto jaune, une grue miniature, rouge, et un sablier si ancien que le sable s'était collé aux parois, et puis la photo de la mère.

Je me souvenais d'une femme très brune à la chevelure épaisse, et plus vaguement d'un grain de beauté sur la joue ou au-dessus de la bouche, mais lorsque j'ai retourné la photo tout s'était effacé.

La tenant entre deux doigts, j'ai essayé de la secouer pour que l'image revienne, comme on fait avec les polaroids, j'ai soufflé dessus, je l'ai portée à la lumière de la liseuse, sous le halo jaune, mais le papier photo est resté désespérément vide.

J'ai regardé un moment autour de moi, ne sachant vraiment pas quoi faire, et je me voyais mal annoncer cette disparition à mon mari quand il rentrerait, s'il daignait bien revenir à la maison un jour.

Je me suis levée de nouveau. Mon ventre pesait et tirait sur les côtés. Au contraire, j'étais lourde, si lourde que j'avais l'impression de m'enfoncer dans le sol. Ma circulation sanguine était mauvaise, et mes jambes, mes pieds et mes mains enflaient sans cesse. Je devais prendre des gouttes de vigne rouge, d'hamamélis et de marron d'Inde, passer deux fois par jour sur mes membres douloureux une sorte de brosse en plastique à laisser au congélateur. Je me massais le ventre avec des crèmes au calendula pour limiter les vergetures, j'évitais le soleil pour ne pas garder les taches brunes après la naissance, me couvrant d'écran total depuis des mois, j'avais des remontées gastriques, je pissais toutes les demi-heures, désespérais de ne pouvoir porter les courses, je me faisais tout livrer et je cherchais nuit et jour des positions pour dormir, marcher, me déplacer, j'en avais déjà marre de ne plus travailler. En somme, je n'avais que des préoccupations d'ordre physiques et physiologiques, sans compter les questions alimentaires, car de nos jours la femme enceinte doit suivre des régimes stricts qui m'exaspèrent. *La vie matérielle*, rien que la vie matérielle et mille choses à organiser ; alors les escapades de mon mari, son besoin d'évasion et *sa mère*, ça commençait à sérieusement m'agacer. J'ai donc tout rangé dans la boîte : la photo effacée, les chaussettes, l'auto, la grue, le sablier, les galets, j'ai refermé la boîte, l'ai replacée dans le tiroir qui ne s'est pas fait prier.

Dans ma grande chemise de nuit bleu clair, coton et lin, longue jusqu'aux pieds et bien large, je me suis dirigée vers la cuisine préparer le parfait petit déjeuner de la future mère pendant qu'avec un doux ronron de vie quotidienne bien organisée les volets se déroulaient, laissant apparaître les premiers rayons d'un soleil d'avril puissant.

ROUES, MÈRE, DÉPART

Colera pouvait être un endroit si gai.

En regardant la mer scintiller dans le soleil, je me suis demandé ce qui retenait les gens de venir se baigner dans les eaux translucides de nos plages. D'accord, il y avait du vent, beaucoup de vent. Une tramontane glacée qui te brouille les idées, mais au moins ce n'est pas un endroit ennuyeux. Il y a toujours du mouvement. C'est intense.

J'en étais là de mes réflexions lorsque, du bout de la promenade maritime, j'ai vu arriver la Bagheera. C'est ma mère qui était au volant, lentement, à dix ou vingt à l'heure, pas plus. Je suis allé à sa rencontre.

Je me suis penché vers elle. Elle conduisait avec des gants de soie bleus qui lui montaient jusqu'aux coudes. Elle portait une robe parapluie, avec le haut très ajusté et la jupe évasée. Je n'ai pas pu voir quels escarpins rouges elle avait aux pieds, mais j'ai admiré son collier, de très grosses perles framboise bien alignées en ras-de-cou. Elle avait aussi des lunettes de soleil de forme papillon.

Je m'étais tellement concentrée sur sa tenue de Grace Kelly brune que je n'ai pas tout de suite remarqué qu'à côté d'elle, sur le troisième siège, était assis *monsieur Josep*. Ou plutôt allongé. La nuque renversée, une joue collée à la vitre, il dormait. Il était habillé d'un smoking noir et une chemise blanche tachée.

— Monte, m'a dit ma mère d'un air contrarié.

— On va où ?

— Monte, j'te dis, tu verras bien.

Elle a ouvert la porte, elle est descendue.

— T'es super chic, j'ai dit.

Elle a haussé les épaules et secoué la tête comme si elle se foutait de tout. Elle m'a rappelé une autre femme, sur une plage, qui m'avait regardé de cette façon, mais c'était il y avait si longtemps. Le prénom de cette fille, les circonstances, tout m'échappait.

J'ai pris la place du milieu et je me suis endormi aussitôt que ma mère a eu démarré.

HÔPITAL,
PIN PARASOL, AUBÉPINE

Je me suis retrouvé sur le rond-point, derrière le yucca. La nuit commençait à tomber. Devant l'entrée de l'hôpital, des hommes s'étaient regroupés. C'étaient les trois mêmes jeunes que tout à l'heure, mais cette fois ils n'avaient pas l'air de vouloir m'attaquer, ils étaient calmes. Il y avait aussi un autre gars qui leur ressemblait, assis dans une voiture, une vieille Mercedes verte, le coude posé sur le bord de la vitre ouverte. Je suis passé devant eux, ils sont restés indifférents, figés dans leur attente silencieuse et concentrée. J'ai continué vers le parking. Je sautillais pour éviter de poser mon pied gauche par terre. Je ne savais pas où étaient mes chaussures. J'avais mal à l'orteil. Le trou de la chaussette le serrait comme un garrot. Dans la poche de ma grosse veste, j'ai retrouvé mon téléphone portable. J'ai voulu appeler ma femme pour qu'elle vienne me chercher, mais le téléphone était déchargé et je me suis rappelé qu'Estelle était beaucoup trop enceinte pour pouvoir conduire. J'ai souri en pensant à la dernière fois où elle s'était assise au volant. Ses mains ne pouvaient plus l'atteindre.

Juste avant d'entrer sur le parking, près de deux pins parasols centenaires et une haie d'aubépine qui commençait à fleurir, j'ai repéré un banc. Je m'y suis assis un moment. Dans ma chaussette, je sentais mon orteil toujours plus inconfortable. Je n'osais pas bouger. Le sang battait fort à cet endroit. La douleur ne passait pas ; au contraire, elle devenait lancinante. Peut-être y avait-il encore une solution, j'ai pensé. Je me suis baissé avec l'intention de tirer sur la laine pour faire un nœud au bout du pied, mais quand je me suis penché en avant, étouffé par mon ventre qui avait encore grossi, tout a basculé.

COLERA, GAMBINA, DICTIONNAIRE

On pourrait douter de ce que raconte le patron de la Gambina. Après tout, ce n'est pas un spécialiste de l'étymologie. Lui, ce qu'il sait, il le répète de l'article du dictionnaire qu'il a lu mille fois et qu'il connaît par cœur. Le dimanche, il aime dire et redire aux familles réunies dans son bar à l'heure de l'apéritif que le nom du village vient du mot qui signifie *colline* en latin. Il le dit et le redit en semaine pour éveiller l'attention des buveurs fatigués, accoudés au bar, le regard perdu dans leur verre, alors que dehors, le vent secoue la mer et tire par les cheveux les arbres de la promenade.

Les mères, les pères et les solitaires peuvent vérifier qu'à droite et à gauche de Colera il y a bien des collines.

Collines et Colera.

Seulement, tout de même, le vent.

La tramontane, là, qui souffle du soir au matin, tellement qu'aucun des arbres ne pousse droit, tellement que tout tremble, que tout est penché, qu'il faut avancer en luttant, lutter pour avancer et que la bâche au-dessus du bar est tout le temps déchirée – remplacée/déchirée, re-remplacée/re-déchirée… – et que personne ne s'aventure ici au milieu des natifs : tout ça ne serait pas plutôt de la *colère* ? Colère/Colera ou bien colline/Colera ?

Et la mère qui donne des coups à une baleine morte, est-ce que ce n'est pas de la colère ? Colère et Colera ?

Et les escarpins qui dansent la gigue sur les étagères. *Colère et Colera.* Et la mère qui crie qu'elle veut de l'argent. Son restaurant. *Colère et Colera.* Et les hommes qui la baisent et laissent en partant des billets sur sa table de nuit. *Colère et Colera.* Et le patron de la Gambina qui par-dessus tout voudrait épouser la mère et doit lui servir à manger lorsqu'elle ramène son mec, le Josep pas net, *Colère et Colera.*

Parce que la mère, elle ne le dit pas, mais, son môme, le Salvador, là, elle l'a eu par accident quand elle était jeune et qu'elle travaillait à La Jonquera. Personne n'en a jamais rien su, elle était mineure. Josep l'a virée en cloque, ça ne rapporte plus, une meuf en cloque, mais le lien est resté. On est humain, tout de même. Colère alors ? À Colera ?

Et Salvador qui est parti sans se retourner, est-ce que ça aussi, ce n'est pas de la colère ? Il y aurait de quoi. Avec cette mère qui l'empêchait de vivre, d'étudier, de grandir, de se développer dans le sens du vent. Plier, casser, empêcher, la mère à Colera.

Et qu'est-ce qu'il va en faire de cette colère de Colera puisqu'il prétend ne pas vouloir la considérer ? Elle a peut-être décidé seule de ce qu'elle doit devenir. Peut-être qu'elle a creusé des galeries, en lui, quelque part entre son crâne et son orteil, au-dedans de son corps.

Il faudra qu'il aille voir. Estelle a raison. Qu'il le veuille ou non, il va lui falloir aller faire un tour dans sa colère, après, on verra ce qu'il en fera.

AMANDES, ESCARPINS, CEPS DE VIGNE

Ma mère avait arrêté la bagnole dans une des vignes de banyuls qui bordent la route au-dessus de la mer. Dans sa robe américaine et ses escarpins rouges, elle était en train de cueillir des amandes dans un arbre. À côté de moi, Josep puait. Sur sa chemise, c'était du sang. L'odeur était si forte. J'ai eu un haut-le-cœur, j'ai juste eu le temps de sortir de la Bagheera pour vomir tout ce que je savais. Ou plutôt, tout ce que je ne savais pas. Ma mère continuait à cueillir les amandes dans l'arbre ; à peine si elle avait jeté un coup d'œil vers moi. Quand je me suis relevé, Josep était debout à mes côtés. Il souriait, il avait les yeux ouverts et, sur le ton de la bonne blague, il m'a demandé :

— Tu sais ce qu'elle m'a fait, ta mère ?

— Je sais pas, non, j'ai dit en tremblant. J'avais froid après avoir vomi.

— Elle s'est acoquinée avec deux types de ma boîte et une de mes filles, une Roumaine. Ta mère, elle voulait mon fric pour son restaurant. C'est elle qui a tout organisé, ta vieille pute de mère. De nuit, ils m'ont eu. Ils m'ont laissé crever en haut du monument sur l'autoroute. Et voilà, le travail. Il a dit en ouvrant les bras pour que j'admire. Grâce à elle, je suis troué de partout. Et mort en plus.

Josep est aussitôt retourné s'asseoir dans la voiture où il a repris sa position initiale, la joue contre la vitre et la nuque renversée sur l'appui-tête.

— Mais c'est toi, mon père ? j'ai crié à son adresse.

Personne n'a répondu.

Je n'avais jamais cru aux histoires qu'on raconte sur les morts, qu'ils ont leur propre royaume, en haut ou en bas, dans le ciel ou sous terre, sur une autre planète qu'on ne voit pas, dans un ailleurs infernal ou paradisiaque, mais j'avais toujours pensé qu'il reste de leur passage quelque chose, une énergie disait Estelle, une trace. Car ils sont là, tout autour de nous, ils nous observent, ils nous narguent aussi, ils s'amusent de nous, nous aiment et nous détestent, et parfois, si on veut bien les entendre, ils nous apparaissent et nous mettent en face de nos quatre vérités. Ils délivrent des messages, ce sont les facteurs de l'éternité. Ils dévoilent des secrets ou les distillent en nous, pauvres vivants emprisonnés dans l'espace restreint entre la première et la dernière heure, celle que l'on passe nos existences à redouter. Ils ont sur nous un coup d'avance ; ils savent eux que ce n'est plus la peine d'avoir peur. Morts, ils sont libres. Ils ont même l'éternité pour s'en réjouir.

Ma mère est revenue vers moi. Elle avait retourné sa jupe jusqu'aux cuisses et s'en servait pour transporter les amandes. La poussière de la route recouvrait le bout de ses escarpins rouges.

— Tu as vu ce que tu as fait ? je lui ai sifflé aux oreilles, un doigt pointé vers la voiture jaune, avec à son bord l'homme mort qui était peut-être mon père.

Dans la lumière du soleil couchant tombant à l'oblique sur la carrosserie rutilante, la Bagheera paraissait d'un jaune bouton-d'or si pur que j'ai fermé les yeux un instant, aveuglé.

J'ai rouvert les yeux et je me suis tourné vers ma mère. J'espérais, j'attendais d'elle une parole rassurante, une explication, un démenti, mais elle me regardait sans rien dire avec son air le plus détaché, inatteignable, menteuse et fausse jusque dans son silence, et ça, je n'ai pas supporté, non, pas supporté. Je l'ai giflée. Plusieurs fois. Mes coups étaient si puissants que ma main tremblait, mais elle, elle ne bougeait pas d'un millimètre, ses yeux exprimaient un étonnement qui m'accusait alors que c'était elle la coupable. J'avais beau la gifler, elle ne bougeait pas, les pieds ancrés dans le sol aride. Alors j'ai sorti les grands moyens. Je lui ai serré la gorge. Je serrais et elle continuait à me regarder droit dans les yeux. Avec un petit sourire qui lui tordait la bouche, elle est parvenue à articuler : t'es un vrai fils de pute.

Jamais je ne trouverai ça drôle. Jamais, je lui ai crié au visage en postillonnant. J'ai vu la salive gicler de ma bouche et les particules briller dans la lumière crue.

J'ai ouvert le coffre. Il y avait un démonte-pneu.

Ma mère s'est mise à courir. Elle essayait de s'enfuir, mais elle était prise au piège et elle le savait. Ses escarpins la gênaient ; elle les a enlevés dans le sentier qui serpentait entre les vignes et elle s'est mise à gravir la pente pieds nus. Ses pieds trop grands pour elle, les talons secs et fendillés, et surtout ses gros ongles mal vernis, cette fois je le lui ai dit ce que j'en pensais, que je les trouvais dégueulasses.

Je l'ai suivie en donnant des coups de démonte-pneu à tort et à travers. J'ai brisé des branches dans l'amandier, dans les vignes aussi et des sarments volaient autour de moi. J'avais la rage. C'était elle, la coupable. Mon enfance avec la peur, c'était elle. J'ai fini par la rattraper en haut de la butte, en deux enjambées faciles et efficaces. Je n'avais pas eu à me presser, alors qu'elle, elle était en nage. Je l'ai assommée à coups de démonte-pneu. Elle est tombée, enfin. Les yeux comme du verre et la bouche ouverte.

Je me suis souvenu de ce que j'avais pensé quelques minutes plus tôt. Que les morts sont libres et finalement plutôt heureux. J'ai aussitôt regretté d'être celui qui lui offrait l'éternité. J'aurais mieux fait de l'emprisonner, de lui administrer une torture lente et concentrée. Mais je n'étais pas certain qu'elle mérite un châtiment aussi sévère, et puis c'était ma mère, tout de même.

J'ai entendu du bruit derrière moi. Toute une foule m'applaudissait. Des hommes et des femmes que je ne connaissais pas. Dans un seul mouvement, ils ont levé les yeux vers le ciel. Au-dessus d'eux, le cadavre de Josep s'envolait, en majesté dans l'immensité bleue de la mer. Il portait ma mère dans ses bras. Ils avaient tous les deux rajeuni et bronzé, et autour d'eux des hirondelles voletaient transportant dans leurs becs des roses et des œillets. C'était très réussi, très esthétique. Mais où vont-ils ? j'ai demandé aux gens. Ils m'ont fait signe qu'ils ne savaient pas. Ils se sont mis à descendre la pente sans bruit, en une lente procession muette, avançant courbés, la tête dans les épaules, habillés de grosse toile grise ou ocre mal découpée, comme des paysans ou des pêcheurs pauvres des siècles passés. Leurs visages pleins d'angles étaient durs et fermés, leurs peaux, burinées. Je suis resté longtemps à les regarder, jusqu'à ce qu'ils disparaissent dans un virage de la grande route.

La mer s'étendait jusqu'à l'horizon dans un bleu métallique contre lequel les falaises paraissent presque noires. La lumière tombait, lentement. Je me suis mis en route moi aussi et j'ai descendu le sentier entre les vignes. Je me sentais calme et détendu, délesté d'un poids dont je n'avais pas soupçonné l'existence. D'ailleurs, je me suis passé la main sur le ventre et j'ai senti dans le creux de ma paume le dessin parfait de mes abdominaux bien travaillés. J'ai pensé à Estelle, à la chaleur de notre foyer et à la petite fille qui allait naître bientôt. En rejoignant la route à pied, je me suis rendu compte que la Bagheera avait disparu.

TÉLÉPHONE,
CHAUSSETTES, PAPIER

Salvador se souvenait d'avoir froissé le papier d'emballage de son jambon-beurre et de l'avoir jeté au fond de la poubelle qu'il gardait juste à côté de lui, près de son siège. Il entendait encore le bruit, un frou-frou et dans la paume de sa main, contre sa peau, il sentait la caresse du papier quand il s'était crispé.

Quelque chose pourtant s'était passé.

Du regard, il fit le tour de la cabine. Ça ne lui prit que quelques secondes, elle était si exiguë. L'horloge carrée devant lui marquait quatorze heures, trois minutes et vingt secondes.

Il était abasourdi de se retrouver à la même place, assis à son siège, les manettes en main et derrière lui la patère avec sa veste accrochée, alors qu'il avait l'impression nette et troublante de revenir d'un long voyage dans les profondeurs, de sortir de la mer, d'avoir nagé jusqu'à la bouée et fait de la plongée en apnée. Je déconne, il se dit en se passant la main sur le front. Va falloir que je me reprenne.

Il chercha à se rappeler ce qu'il avait fait à partir du moment où il avait jeté le papier d'emballage dans la poubelle. S'il rembobinait ses souvenirs les plus récents, forcément il allait retrouver le fil.

Il se pencha pour le récupérer et refit le geste.

Rien ne vint.

Il regarda en bas. Il avait peur d'avoir failli à son devoir de grutier, mais là aussi, tout semblait en ordre : le camion, ce gros Berlingo rouge et blanc, était toujours garé près de la cabine. La bétonnière était en train d'être chargée.

Salvador haussa les épaules. Il souffla, soupira.

Il ne dormait plus trop depuis qu'Estelle était entrée dans son huitième mois. La nuit, elle bougeait beaucoup, gênée par les mouvements incessants du bébé, et Salvador se réveillait avec elle.

Salvador s'était peut-être assoupi à son poste dans la grue ou bien il avait été victime d'un malaise, oh, rien de grave, à peine une poignée de secondes, juste le temps de fermer les yeux et de perdre contact avec la réalité la plus immédiate. Il était entré *dans son manque*, ce trou noir que chaque être humain, peut-être chaque être vivant, possède en soi et transporte tout au long de l'existence. Car nous passons notre temps au bord de ce précipice, nous tournons autour, nous essayons d'en connaître la forme, la couleur, nous y puisons notre force et y cherchons ce qui nous fait défaut. Beaucoup ignorent son existence et rares sont ceux qui plongent dans ce gouffre intérieur. Lorsque cela advient, lorsque des éléments jusqu'ici inconnus rendent le voyage possible, alors celui qui en bénéficie, en ressort régénéré, neuf, lavé de toute peur, de toute angoisse et prêt à mener plus loin le reste de sa vie. Ça se fait ou pas. Ça a lieu ou pas. Salvador avait eu cette chance. Il avait trempé dans son manque, sa rivière souterraine, visité les possibilités du rêve et de la réalité.

Tout cela resta informulé, mais à tout jamais cette aventure allait faire de lui *un homme juste.*

Assis sur son fauteuil face au chantier, il bâilla, s'étira, levant haut ses deux bras afin de détendre chaque muscle, chaque nerf jusqu'au bout de ses doigts. Puis il déplia sa jambe qu'il avait ramenée contre lui, une position de yogi qui lui était confortable. On n'en était qu'au début du chantier, il n'y avait pas encore beaucoup à faire. Dans deux ou trois semaines, lorsque toutes les fondations seraient creusées, ce serait différent. Fini les moments à contempler le ciel, plus le temps de rêvasser.

Il fit remonter la flèche. La bétonnière vira vers le groupe d'ouvriers qui la réclamait. Pendant qu'ils la vidaient – ça prendrait un moment –, Salvador se leva, sortit sur la plateforme et admira devant lui le paysage. Le soleil d'avril était déjà haut. Soufflait une petite brise plaisante dont il se réjouit. Depuis le début du chantier, le vent du nord n'avait dérangé personne. Lorsque le cers ou la tramontane se lèvent et soufflent au-delà de soixante-douze kilomètres-heure, c'est loin d'être rare en Méditerranée, tout chantier doit être immédiatement stoppé. On prend du retard et personne n'est content. Le vent, c'est l'ennemi du grutier.

Salvador se pencha en avant. Il n'était pas sujet au vertige, mais cette fois le vide l'appela. Il recula d'un pas. *La tentation des gouffres*, il pensa en frissonnant. Devant lui, l'ombre recouvrait un large trou laissé en attente. Il s'avança de nouveau pour le regarder bien en face. Peut-être qu'un jour, il changerait de métier. À vivre à de telles hauteurs, parfois, il avait l'impression de ne pas avoir les pieds sur terre.

Il se retourna, leva son visage vers le soleil. Il resta un moment à profiter de la chaleur bienfaitrice. Estelle disait qu'un bain de soleil à raison de vingt minutes par jour permettait de conserver un stock suffisant de vitamine D. Il remonta les manches de son pull et replia le bas des manches de sa chemise pour sentir les rayons sur la peau de ses avant-bras et, le dos appuyé contre les rambardes métalliques, il ne se préoccupa plus du vide derrière lui. Il l'oublia.

Il pensait à Estelle et que bientôt l'enfant allait naître. Il sourit.

Le soleil lui avait fait du bien. Il se sentait en forme maintenant, lavé, propre, entier. Je me serai assoupi une seconde, peut-être moins, il se disait, ça arrive à tout le monde, c'est comme trébucher sur une marche. Mais une absence, bien sûr, pour un grutier, c'est embêtant. Il faut rester concentré, la moindre faute d'inattention peut coûter cher sur un chantier.

Quoi qu'il en soit, on reste humains, on n'est pas des robots.

Je dois trouver une solution pour mieux dormir et pour que la nuit je puisse me reposer.

Estelle doit savoir, je le lui demanderai. Il nota mentalement qu'il lui faudrait peut-être prendre un temps pour lui. Il y avait si longtemps qu'il ne s'était pas arrêté. Peut-être qu'il prolongerait son congé de paternité. José comprendrait, il avait trouvé un intérimaire pour le remplacer, le type serait content s'il bossait une ou deux semaines en plus de ce qui était prévu.

Il déboutonna son jean de toile brute et se mit à pisser. Au loin, la mer brillait. Les toits d'argile prenaient des teintes dorées et la pointe de l'église Sainte-Eulalie scintillait comme une bougie d'anniversaire. Il avait de la chance, les autres boîtes pour lesquelles il avait bossé ne proposaient rien pour que les grutiers puissent se soulager facilement durant leurs longues heures de travail en hauteur. Les gens qui étaient curieux du métier posaient toujours la question en premier : mais comment vous faites pour les toilettes, dans la grue ? Vous avez des W.-C. ? Ça le faisait toujours marrer, Salva, que les gens imaginent sa cabine comme une maison avec tout le confort. S'ils savaient… quatre murs de tôle, une grande vitre et c'est tout. D'habitude, il fallait apporter une bouteille, et ce n'était ni confortable ni hygiénique. Il connaissait des grutiers qui pissaient par-dessus bord quand c'était possible. Lui, il n'aimait pas le faire. Et puis là, c'était différent. MTA levage fournissait des sacs high-tech dans lesquelles l'urine se solidifiait. On pouvait ranger le tout dans une poche en plastique. En fin de journée, facile, il suffisait de descendre avec et de jeter le tout dans le container à ordures.

Salvador resta un moment à regarder la ville au-dessous et tout autour de lui. Les toits de brique ondulaient, les contours du globe se dessinaient, et au loin la mer d'un bleu layette brillait dans le soleil d'avril.

Bientôt, son enfant allait naître, il ne cessait de se le répéter, il n'en revenait pas que la vie puisse sans cesse se renouveler. Faut pas en faire un plat, lui avait dit Estelle une fois qu'il s'extasiait, tout le monde naît.

Avec ce geste qui lui était familier, il se passa la main sur le visage, frotta sa grosse moustache noire, ses rouflaquettes démodées. Son crâne chauve, il le massa longtemps. Quelque chose le gênait du côté de son orteil gauche. Il se baissa pour regarder de plus près. La laine était trouée. L'ongle trop long l'avait déchirée. C'était irrécupérable. Le pouce dépassait. Il enleva ses chaussettes, la gauche et aussi la droite et d'un geste large, il les jeta par-dessus bord. Sans regret. Sans un regard pour ses pieds nus.

Il faut savoir faire du neuf, il pensa d'une manière si claire que cette sentence sembla s'appliquer à sa vie entière. Il avait confiance. Une nouvelle période s'ouvrait. Il envisageait l'avenir avec joie. Maintenant, tout allait être lisse et bien tissé, il pourrait surfer sur l'existence.

Les chaussettes grises prirent rapidement de la vitesse et, comme deux pigeons morts, elles disparurent dans les profondeurs du chantier.

Dans la poche de Salvador, le téléphone portable sonnait. Il décrocha, c'était Estelle. Elle parlait à toute vitesse, elle riait et elle pleurait en même temps :

— Vite, il faut que tu viennes, j'ai perdu les eaux.

— Déjà ?

— On a trois semaines d'avance.

— Mais le bébé ? C'est pas dangereux ?

— Non. Viens. Dépêche-toi.

Salvador se précipita dans la cabine et posa le téléphone sur le tableau de bord. Il l'avait mis sur haut-parleur : reste en ligne, ma chérie, surtout ne raccroche pas. Il prit sa veste sur la patère, l'enfila en la faisant passer par-dessus tête et saisit le talkie :

— José, ya ma femme qui va accoucher, je descends.

— D'accord, d'accord, pas de problème, file. On va se débrouiller.

Salvador descendit le palier jusqu'à l'ascenseur, pria pour que la machine le mène en bas plus rapidement que jamais – qu'est-ce qu'il était lent, cet ascenseur. Il tenait dans sa main le téléphone toujours sur haut-parleur. Il entendait Estelle haleter. Elle commençait à ressentir les premières contractions.

— Tiens bon ! J'arrive !

Il était le héros de sa propre vie.

Il descendit le dernier palier. Yazid et Arnaud vinrent à sa rencontre : tu as besoin de nous ? José sortait du bureau. Tous les trois avaient des mines réjouies. Appelle-nous quand il sera né, cria le chef de chantier. On est avec toi, il ajouta en levant le poing.

Mais pas à ma place, s'entendit répondre Salvador entre ses dents. Il quitta le chantier en courant, son portable à la main. Il lui suffisait de faire le tour du pâté de maisons, l'entrée de son immeuble se trouvait de l'autre côté. Il devrait ensuite appeler un autre ascenseur, monter jusqu'au huitième, aider Estelle à redescendre jusqu'au sous-sol où l'attendait sa voiture, un Scénic d'occasion vert clair qui ressemblait à une pantoufle et qu'ils venaient d'acheter en prévision de la naissance, puis ils fonceraient jusqu'à la maternité. Il connaissait le chemin par cœur, il l'avait tant de fois répété. J'ai mal, cria Estelle dans le portable. J'arrive ma chérie, répétait Salva. Je suis dans le hall de l'immeuble.

Il vit son index rougi par le bouton de la lumière de l'ascenseur, l'ongle devenir translucide, et il se souvint qu'il était pieds nus dans ses chaussures de chantier. Il esquissa un pas de danse, lui qui n'avait pas de talent pour ça. Tout lui paraissait drôle, léger et joyeux. Jamais il ne s'était senti aussi libre, invincible, immortel. La porte de l'ascenseur s'ouvrit, la voix d'Estelle dans le téléphone se fit plus saccadée. Elle soufflait, elle souffrait. Tiens bon, j'arrive ! répéta Salvador qui, sous le coup de l'émotion, ne savait rien dire d'autre. Il entra dans l'ascenseur. Les portes se refermèrent. Encore un bouton. Il approcha son index qui avait repris sa couleur normale, pressa le numéro huit, retira son doigt. La machine l'emporta, s'élevant dans son tube de béton alors que dans sa main Estelle criait. Les portes se rouvrirent. Salvador courut jusqu'à leur appartement, fouilla toutes ses poches, finit par trouver les clés, ouvrit en grand et oublia de refermer la porte : Estelle gémissait, à quatre pattes entre le couloir et le salon. Il eut à peine le temps de s'agenouiller près d'elle que, dans ses deux mains ouvertes, il reçut le petit corps gluant. L'enfant déploya ses poumons et, pour la toute première fois, des profondeurs les plus lointaines, elle cria, à pleine bouche. C'est ma vie, pensa Salvador en regardant sa toute petite fille, ma vie bien réelle.

Du même auteur

À LA MANUFACTURE DE LIVRES

Le Dernier Invité, *roman*

L'Invention de la neige, *roman et chez Pocket*

Gran Madam's, *roman et chez Pocket*

Voyez comme on danse, *théâtre*

Gualicho, *théâtre*

CHEZ D'AUTRES ÉDITEURS

La Vie moderne, *Éditions Onze, Casablanca*

Superstition, *nouvelles bilingues français et anglais, traduction par l'auteur, Willows, le Caire*

Le Roman de Laïd, *Acoria, Paris*

Shakhor, *éditions du Phare, Pau*

ILS ONT COLLABORÉ À CE LIVRE :

PIERRE FOURNIAUD
DIRECTION ÉDITORIALE ET COORDINATION

ÉDITH NOUBLANCHE
CORRECTION

BRUNO RINGEVAL
COMPOSITION

DONATA JANSONAITĖ
IMPRESSION

MARIE-ANNE LACOMA
SUIVI COMMERCIAL ET PROMOTIONNEL

FLORA MORICET
RELATIONS PRESSE

LES ÉQUIPES DU CDE ET DE LA SODIS
DIFFUSION ET DISTRIBUTION

AGENCE TRAMES
CESSIONS DE DROITS

LES LIBRAIRES
COMMERCIALISATION ET PROMOTION

DÉPÔT LÉGAL : MARS 2023
IMPRIMÉ EN UE